Axel Hacke

Ich hab's euch immer schon gesagt

Axel Hacke

ICH HAB'S EUCH IMMER SCHON GESAGT

Mein Alltag als Mann

Illustriert von
Thomas Matthaeus Müller

Verlag Antje Kunstmann

Für Ursula und David

Schmeckt?

Diese Kopfschmerzen. Diese vom Hinterkopf her nach vorn sich ausdehnenden, über die Schläfen in den Vorderschädel kriechenden, den Sehnerv benagenden, das Denkzentrum zerschmerzenden, diese also migränösen Zustände. Na ja, was rede ich, ich hab's euch ja immer schon gesagt. Diese Kopfschmerzen.

»Das ist ja kein Wunder«, hatte der Arzt zu mir gesagt. »Sie sind verspannt, mein Herr. Ihre Nackenmuskulatur ist hart wie das Leben in einer sibirischen Kleinstadt. Ich verschreibe Ihnen Massagen. Gehen Sie zu Habibi! Sie werden sehen: Er ist ein Genie mit den Händen.«

Habibi hatte seine Praxis in mehreren Räumen einer Neubauwohnung am Stadtrand. Am Empfangstresen saß eine Sprechstundenhilfe, in den Behandlungsräumen waren Massagepritschen durch Stellwände voneinander getrennt. Kleine Schreie, schwere, schwere Ächzer drangen heraus. Untermasseure scharwenzelten umher.

Habibi erschien, ein großer, voluminöser Mann in weißem, kurzärmeligem Kittel. Sein Schädeldach war kahl, aber im Gesicht trug er einen großen, schwarzen Schnurrbart. Seine Hände lauerten am Ende der relativ kurzen Arme wie Kampfhunde an der Leine. Auf sein Geheiß hin entkleidete ich mich in einem der Gelasse bis zur Unterhose und legte mich auf die Massagebank. Er trat neben mich. »Wie Ihnen meine Hände gefehlt haben!« sagte er mit schwerem orientalischen Akzent. »Wie Sie sich nach meinen Händen gesehnt haben! Nicht wahr?« – »Ja«, sagte ich.

Die Hände begannen zu spielen, liefen auf meinem Rücken auf und ab, kniffen mal hier zu und mal dort. Als es das erste Mal weh tat, schrie ich kurz auf.
»Schmeckt?« fragte Habibi.
»Waaaaaah«, machte ich und fragte: »Sind Sie eigentlich Araber? Ich meine ... Ihr Name ... Haargh!«
»Ich bin Libanese«, sagte er. »Und ich bin Sadist. Alle Araber sind Sadisten.«
Die Hände wurden langsam wütend. Sie verbissen sich in meinem Nacken, zerrten an ihm herum, versuchten, ihn vom übrigen Körper zu trennen, tobten wieder die Wirbelsäule entlang. Immer wenn ich brüllte, sagte Habibi: »Schmeckt?«
Als die Schmerzen unerträglich wurden, klingelte sein Handy. Er hörte auf, mich zu massieren, und fingerte den Apparat aus der Kitteltasche. Jemand am anderen Ende verwickelte ihn in eine Diskussion, in der es um neue Sparmaßnahmen im Gesundheitswesen ging.
»Was will die Kohl?!« rief er immer wieder. »Was will die Kohl? Soll kommen zu mir, die Blödmann Kohl! Und die andere gleich mit, diese komische Zwerg, die Seehofer. Ich werde ihnen zeigen ...« Er lachte ein tiefes, aus dem Bauch heraufquellendes Lachen, schaltete das Telephon aus und steckte es in die Kitteltasche zurück, aus welcher, wie ich aus dem Augenwinkel

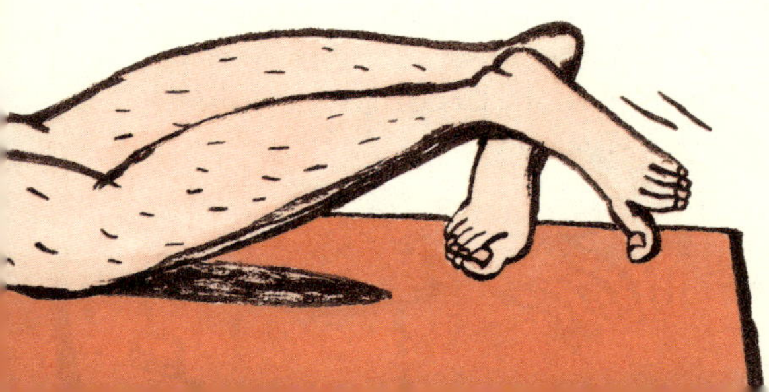

erkannte, mehrere Wirbel eines menschlichen Rückgrates ragten. Ein Demonstrationsmodell, vermutete ich.
Ein letztes Mal fielen seine Hände über mich her. Habibi walkte meinen Leib wie Strudelteig und versuchte, mich so in die Massagebank einzuarbeiten, daß ich Bestandteil ihrer Oberfläche würde. »Die Kohl«, grunzte er einmal, »die Kohl, ha!« Er rührte mit den Händen in mir herum, entnahm einzelne Knochen, zerbrach sie und setzte die Trümmer wieder ein. Als er fertig war, glitt ich zu Boden wie eine gallertartige Masse.
»Hat geschmeckt?« fragte er. Seine linke Hand fraß schmatzend wie ein Tier, das belohnt wird, einige Hundekuchen aus der Handfläche der rechten.
»Gut«, flüsterte ich stimmlos. »Ich fühle mich weich. Gar nicht mehr verspannt.« Langsam floß ich die Treppe hinab auf die Straße, wo mich ein sanfter Regenschauer in die Kanalisation spülte.

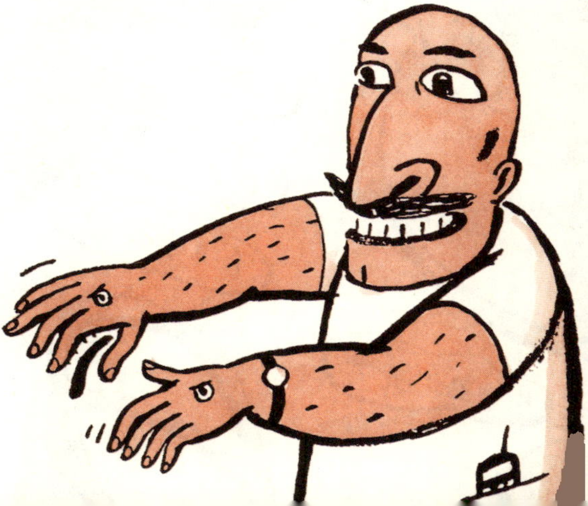

schabbi·dabbidu·bobhuh.
örx
WAU
FEE
TUUUT
Lalalalala
HEPPH.
BRRUM
krrrkr.

Wenn Schokolade schreien könnte...

Seit mir der Homöopath den Kaffee verboten hat, trinke ich nur noch Tee, außer manchmal. Heute bin ich um fünf Uhr aufgestanden, weil ich eine sehr dringende Arbeit zu erledigen habe, und wenn ich jetzt keinen Kaffee tränke, würde ich nicht richtig wach und könnte die sehr dringende Arbeit nicht erledigen.
Dann wäre mein Homöopath zufrieden mit mir, aber mein Arbeitgeber nicht, und heute möchte ich meinem Arbeitgeber mal eine Freude machen, einfach so. Der Homöopath muß es ja nicht erfahren. (Außerdem schläft er noch um diese Zeit, darf ja selbst auch keinen Kaffee trinken, hihi.) Und wo ist jetzt der Kaffeefilter? Im Schrank links ist er nicht, Schrank rechts auch nicht, erste Schublade nicht, zweite Schublade nicht, Spüle nicht, Spülmaschine nicht ... Ich habe doch der Putzfrau gesagt ...! Jetzt hat sie ihn wieder irgendwo ...! Ausgerechnet heute, wo ich es eilig ...! Ich kann jetzt hier nicht stundenlang ...! Muß an meine sehr dringende Arbeit ...!
Kann sein, daß ich verrückt werde, wenn ich den Kaffeefilter nicht finde! Warum machen Kaffeefilter keine Geräusche, kein leise fiependes »Hier! Hier!«? Das wünsche ich mir übrigens öfter, daß Dinge Geräusche machen, die sonst keine machen, und auch daß andere Dinge keine Geräusche machen, die sonst immerzu welche machen.
Von der Logik her ist nicht einzusehen, daß man Autos und Punkbands, Vulkane und Hubschrauber hören kann, Teppiche und Erdbeerkuchen, Bücher und

Aschenbecher aber still sind. Wenn zum Beispiel eine Lampe, sobald man sie einschaltete, nicht nur hell machte, sondern auch röhrenden Lärm von sich gäbe oder, sagen wir, nervtötendes Gebrabbel – unser Leben sähe anders aus, dunkler in diesem Fall.
Warum produziert auf der anderen Seite ein Schlagbohrer, sobald man ihn anknipst, dermaßen höllischen Lärm? Die Löcher, die er bohrt, werden nicht tiefer, breiter oder irgendwie besser dadurch, der Krach ist der Sache nicht im geringsten dienlich. Ich meine, es ist mir im Prinzip egal, man hat sich daran gewöhnt, daß es so ist. Aber logisch ist es nicht! Wenn Schokolade schreien könnte – würden wir dann eigentlich weniger Schokolade essen, weil wir das ewige »Iß mich auf! Friß mich endlich auf!« nicht ertragen könnten? Oder würden wir gar keine Schokolade mehr kaufen, es sei denn schallgedämpfte, weil uns das ewige Schokoladengeschrei unerträglich wäre?
Na ja, das sind so Fragen. An Tagen, an denen ich nicht gerade um fünf Uhr aufstehen muß, werde ich oft vom Geschrei eines hungrigen Babys wach und stelle mir dann vor, wie es wäre, wenn auch alle Erwachsenen auf Grund genetischer Programmierung nach dem Aufwachen unartikuliert brüllen müßten bis zum Frühstück. Ich glaube, an den Hotelbuffets würde ich das besonders lustig finden, all die quengelnden Geschäftsmänner... Blödsinn, was? Vielleicht bin ich schon verrückt? Wo ist der Kaffeefilter? Und was ist das für ein leises »Hier! Hier!«? Filterchen, du? Oder ruft mich die Arbeit, meine sehr dringende Arbeit?

Blau macht mich so blaß

Sicher wollen Sie wissen, warum ich so einen schönen auberginefarbenen Pullover anhabe, was? Na gut, ich werde es Ihnen erzählen.
Manchmal sieht man ja Männer, sitzend in Boutiquen, und sie haben traurige Augen, und sie denken an Fußball oder an das Steuersystem oder an Proschinsky, das Schwein vom Controlling, mit seinen Intrigen. Und vor ihnen geht die Frau ihrer Träume auf und ab, und sie probiert eine Bluse, und sie probiert eine Hose, und sie probiert eine Jacke, und sie probiert Schuhe, und die Männer denken »Ach…« und blicken nach innen. Solche Männer sieht man manchmal, und neulich war ich einer von ihnen.
Es war einer von jenen Tagen, an denen Paola, meine Frau, nichts anzuziehen hat. Sie steht dann vor dem Kleiderschrank und hat nichts anzuziehen und nimmt einen Rock und tut ihn wieder weg und hat nichts anzuziehen und nimmt einen Pullover und hält ihn sich vor den Oberkörper und tut ihn wieder weg und hat nichts anzuziehen und streift ein Kleid über und streift es wieder ab und tut es wieder weg und hat nichts anzuziehen, aber auch reineweg gar nichts. Und das, was sie hat, kann sie nicht mehr sehen. Und überhaupt sei sie so häßlich. Ob ich sie noch anschauen könne, so häßlich wie sie sei?
Mich überfiel ein schlechtes Gewissen. Ich rief, daß ich ihr gerne etwas kaufen würde, etwas Schönes zum Anziehen. Wir gingen in den sehr bedeutenden Laden eines sehr bedeutenden Modeschöpfers. Das Geschäft

wirkte irgendwie leer, und ich dachte, vielleicht sei dem Modeschöpfer in letzter Zeit wenig eingefallen, oder jedenfalls wenig sehr Bedeutendes, und dann dachte ich an Loriots Bemerkung, als er in einem Restaurant eines sehr bedeutenden Kochs sein Essen serviert bekam: Es sieht sehr übersichtlich aus.
Eine sehr bedeutende Verkäuferin servierte uns Kaffee, und von ganz hinten kamen doch Kleider und Röcke und Blusen und Westen und Mäntel und Schuhe zum Vorschein. Paola probierte dies und probierte jenes, nahm etwas Enges und etwas Weites und etwas Langes und etwas Kurzes und dann etwas Blaues, und dann fragte sie mich: »Wie gefällt es dir?«
Ich sagte: »Ich finde es zauberhaft.«
Sie sagte: »Unsinn, Blau macht mich so blaß.«
Sie zog etwas Violettes an, fragte mich wieder, und ich sagte, ich fände es wunderbar. Sie sagte bloß: »Mmmmmmh-nein.« Dann nahm sie etwas Türkisfarbenes und fragte: »Und das?«
»Oh, es ist toll!«
»Immer findest du alles toll.«
»Aber es ist toll.«
»Ach.«
Dann probierte sie etwas Gelbes, und ich sagte zur Abwechslung: »Gefällt mir nicht.«
»Schade«, sagte sie, »ich mag es. Aber wenn es dir nicht gefällt ...«
Die sehr bedeutende Verkäuferin servierte noch mal Kaffee.
Ich glaube, etwa zu dieser Zeit begann ich an Fußball zu denken. Ich machte mir Vorwürfe deswegen, weil ich Paola eine Freude hatte machen wollen, und nun

war ich hier so wenig bei der Sache. Dann dachte ich an das Steuersystem und machte mir mehr Vorwürfe: Hier, vor dir, geht die Frau deines Lebens, dachte ich, und du wagst es, an das Steuersystem zu denken?! Als ich an Proschinsky, das Schwein, zu denken begann, stand Paola vor mir mit etwas Rotem.
»Es ist süß«, sagte ich.
Paola zischte: »Ja, aber es ist aberwitzig teuer.«
»Laß es uns trotzdem nehmen«, flüsterte ich verzweifelt.
»Niemals«, sagte sie, »es ist unverschämt.«
Ich hätte es gekauft, schon weil die Verkäuferin soviel Kaffee gemacht und mich irgendwie eingeschüchtert hatte, aber Paola zog sich um und mich zum Ausgang, die Verkäuferin mit einem Berg Ware zurücklassend.
»Das können wir nicht machen«, sagte ich, »alles probieren und nichts kaufen.« Gleichzeitig machte ich mir Vorwürfe, daß ich mich von einer Verkäuferin einschüchtern ließ. Paola wirkte erfrischt.
In der Fußgängerzone kamen wir bei einem Herrenausstatter vorbei. Paola drückte mich hinein. Ich war sehr müde von all den gelben, grünen und roten Sachen und von den Selbstvorwürfen auch, probierte apathisch den auberginefarbenen Pullover an, den Sie nun an mir sehen, und kaufte ihn.
»Er ist toll«, sagte Paola.
»Aber wir wollten doch etwas für dich kaufen«, sagte ich.
»Ach was«, sagte sie, »ich brauche nichts.«
So kam ich zu dem Pullover, den ich trage. Heute morgen stand Paola übrigens verzweifelt vor dem Schrank, und weil mich das schlechte Gewissen überfiel, wollen wir in die Stadt gehen, um etwas für sie zu kaufen. Mal sehen, was ich diesmal bekomme.

»Bügäln!«

Manchmal wache ich nachts auf, der Rücken tut mir weh, ich bin steif wie ein Brett und schweißgebadet und denke, ich schaffe es alles nicht, die viele Arbeit und die Familie und die ganze Verantwortung und das Geldverdienen – ich schaffe es nicht.
Warum kann ich nicht einen Schreibwarenladen haben, denke ich dann, einen kleinen Schreibwarenladen, in den die Leute hereinkommen und aus dem sie wieder herausgehen? Dazwischen kaufen sie etwas und lassen dafür ein bißchen Geld da, und ansonsten herrscht Ruhe. Oder warum besitze ich nicht eine Heißmangel, wo es den ganzen Tag nach frischer Wäsche riecht, und abends um halb acht sperrt man zu und geht nach Hause, und Schluß und Tagesschau?
Das sei ja wohl nicht mein Ernst, sagt Paola dann zu mir: Was wüßte ich denn von den Problemen der Schreibwarenverkäufer und Heißmangelbesitzer!? Ich solle nicht immer nach Sicherheit und Ruhe suchen im Leben, sagt sie, ich solle es endlich einmal als Herausforderung sehen. »Das Leben«, rief sie einmal nachts, »ist ein Abenteuer.« Dann nahm sie mich in den Arm und tröstete mich und sagte, ich würde es schon schaffen, alles.
Manchmal wache ich auf, weil mein jüngster Sohn schreit, Luis. Er ist gerade zwei Jahre alt, und dann und wann wird er wach und ist ganz verschwitzt und schreit einfach so, und dann und wann schreit er auch nicht einfach so, sondern er schreit:
»Bügäln!«

Es hört sich vielleicht komisch an, aber Bügeln ist seine Lieblingsbeschäftigung, jedenfalls das, was er für Bügeln hält. Man holt das Bügeleisen aus dem Flurschrank und das Bügelbrett dazu, und dann bügelt er mit dem kalten Eisen ein Stück Stoff, immer das gleiche Stück Stoff, täglich ungefähr hundertmal.
Neulich ist er mitten in der Nacht aufgewacht und hat »Bügäln!« gebrüllt, und Paola ist zu ihm gegangen, um ihn wieder in den Schlaf zu singen, aber er wollte nicht in den Schlaf gesungen werden. Er wollte bügeln und brüllte: »Bügäln!« Paola sagte, er könne jetzt nicht bügeln, es sei drei Uhr in der Früh, alle Menschen schliefen. Aber er schrie »Bügäln! Bügäln! Bügäln!«, stand in seinem Kinderschlafsack in seinem Bett, rüttelte an den Gitterstäben, weinte – ein kleiner, verzweifelter Mann, der bügeln mußte und nicht konnte. Sein Kopf wurde rot, der ganze Mensch wurde Kopf, ein großer, runder, roter, geschwollener Kopf auf einem Schlafsack, ein Kopf, in dem ein einziger entzündeter Gedanke schmerzte, und dieser Gedanke war:
»Bügäln!«
Es half nichts, Paola nahm ihn aus dem Bett, holte das Bügelbrett aus dem Flurschrank und das Eisen dazu, und der Kleine bügelte voller Eifer auf dem üblichen Stückchen Stoff herum.
Wissen Sie, manchmal stelle ich mir vor, daß auch der Bundeskanzler Kohl nachts hochschreckt und verzweifelt in seinem Bett liegt und schwitzt. Oder daß er auf der Matratze steht und »Regierän!« brüllt. Seine Frau sagt dann zu ihm, er könne jetzt nicht regieren, es sei tief in der Nacht. Aber er brüllt weiter: »Regierän!« Dann resigniert sie, geht mit ihm ins Kanzleramt, er

setzt sich ein bißchen an den Schreibtisch und regiert eine Viertelstunde. Darauf bringt ihn seine Frau ins Bett, er sinkt wieder in die Kissen und schläft entspannt ein. Oder ich bilde mir ein, Schummel-Schumi-mit-dem-großen-Kinn rufe im Schlaf »Rennenfah'n!«, gehe in die Garage, setze sich in sein Auto und spiele eine Viertelstunde lang Formel 1, bis ihn seine Frau wieder ins Bett bringt.

Na ja, so ist es wohl mal wieder nicht, aber die beiden wären mir sympathischer, wenn es so wäre.

Was nun den kleinen Luis angeht, so standen Paola und ich eine Viertelstunde lang um ihn herum, während er bügelte, gähnten und dachten, wie merkwürdig doch das Leben sein kann, so merkwürdig, daß es Menschen gibt, die nachts um halb vier um ein bügelndes Kleinkind herumstehen und sagen:

»Fein machst du das! Schön bügelst du!«

Nach einer Viertelstunde hatte er genug. Paola nahm ihn auf den Arm, wir brachten ihn ins Bett, und ich dachte noch, vielleicht macht er ja mal eine Heißmangel auf, er hätte es im Blut. Möglicherweise, dachte ich noch, wird er ja auch Bundeskanzler oder Rennfahrer oder Journalist oder irgend etwas, das ich mir gar nicht vorstellen kann.

Ich flüsterte ihm ins Ohr:

»Du schaffst das schon, alles. Das Leben ist ein Abenteuer!«

Paola sah mich kurz an, gab ihm einen Kuß, sah mich wieder an und fragte müde:

»Was hast du gerade gesagt?«

Ein Nick wird kommen…

Oh, ich trug Vanessa einst auf Händen, gleich nach der Geburt und auch später. Ich wusch sie, wiegte sie in den Schlaf, und als sie größer war, las ich ihr Märchen vor: von Dornröschen und von der Gänsemagd und der Königstochter mit dem sprechenden Pferd Falada.

Aber nun ist meine Tochter vierzehn und kann selbst sprechen, und sie sagt: »Der Nick von den Backstreet Boys ist so süüüüüß. Wie findest du den, Papa?« Sie hat eine Zeitschrift in der Hand, mit einem Photo von vier jungen Männern.

»Mmmmja, welcher ist es denn?«

Der mit den dünnen blonden Haaren.

»Mmmmja.«

War doch eine schöne Zeit, damals mit dem Vorlesen und den Märchen. Jetzt dauert alles immer sehr lange, wenn sie im Bad ist, und dann kommt sie heraus, in ein Badetuch gehüllt, huscht ins Zimmer, und es dauert noch einmal lange, bis wir spazierengehen können: Sie muß sich erst zurechtmachen. Auf der Straße gucken uns junge Männer hinterher, und ich denke manchmal, was glotzen die so, ist was mit meinem Anzug? Dann erst fällt mir ein… na ja. Sitzen wir im Café, hängen Vanessas Augen plötzlich in den Winkeln, wenn einer vorbeigeht, und sie hört gar nicht zu, was ich sage, für einen Moment. Hat Freud nicht gesagt, jede Tochter sei in ihren Vater verliebt? Das vergißt sie jetzt manchmal.

Ein Nick wird kommen…

Mein Gott, sie ist vierzehn! Ich meine, wenn sie im Studium einen netten jungen Mann kennenlernt … Aber ihr kleiner Bruder hat schon Freunde, die ein bißchen zu groß sind für ihn, voller Hintergedanken stecken und immer fragen: Bringst du deine Schwester mit? Als nächstes wird sie selbst plötzlich Freunde haben, die viel zu groß sind für sie, und von einem wird sie eines Tages erst morgens nach Hause kommen. Dann darf ich irgendwann – aber nur, wenn alles gutgeht – einen Hochzeitswalzer mit ihr tanzen, und wenn es nicht so gutgeht, zieht sie mit einem erfolglosen Musiker-Drogen-Nick nach London, oder sie heiratet einen faden Buchhalter-Nick, und man ist plötzlich mit ihren kotzlangweiligen Schwiegereltern verwandt. Sie zeigen einem stundenlang Videos aus jenen Zeiten, als Nickilein noch in die Windeln schiß. Und dafür hat man dann jahrelang Märchen vorgelesen.
Im Märchen übrigens lassen die Könige alle Bewerber um ihre Töchter äußerst schwierige Rätsel lösen, und wenn sie ein einziges nicht schaffen: Rübe ab! Und der König in Schillers »Taucher« wirft den güldenen Becher ein zweites Mal in die Tiefe, als der Jüngling, in den die Prinzessin verliebt ist, mit ihm wieder aufgetaucht ist, wider Erwarten.

Na, vielleicht hat sie ja auch nette, interessante Freunde, und man ist bereichert durch deren Gegenwart. Obwohl die Eifersucht auf einen interessanten Nick wahrscheinlich die schlimmste ist: ein Mann in ihrem Leben, interessanter als ich?

»Du kannst dir vieles ausdenken«, sagt Bruno, mein Freund, »die Wirklichkeit wird schlimmer sein als alle Phantasien.«

Brunos Tochter ist fünfzehn und hat einen festen Freund.

»Und? Wie ist er?« frage ich.

Über Brunos Gesicht weht ein Schatten. Er starrt ins Glas und sagt: »Er heißt Sascha und ist in einer Gang. Neulich haben sie einen Jungen überfallen und ihm beide Beine gebrochen.«

»Was sagt sie dazu?« frage ich.

»Daß er süß sei«, antwortet Bruno, »und ihr leid tue.«

»Das verstehe ich«, sage ich, »zwei gebrochene Beine… Der arme Junge.«

»Nein, Sascha tut ihr leid«, sagt Bruno. »Weil er nun bestraft wird. Man müsse ihn verstehen, sagt sie, er lebe in schwierigen Familienverhältnissen.«

Und für einen Moment, einen sehr kleinen und pessimistischen Moment, schließe ich die Augen und sehe mich als alten Mann, im Kreise der Familie, unter dem Christbaum, mit meiner Tochter und meinem Schwiegersohn, meinem sehr süßen, aber manchmal cholerischen Schwiegersohn Herzensbrecher-Knochenknacker-Nick, der mir verlegen zuprostet, während ich auf meine zwei Gipsbeine glotze und Vanessa mir zuflüstert: »Nicht böse sein. Er hat's nicht so gemeint.«

Hoffentlich behandeln sie uns gut

Vor zehn Jahren wußte kein Mensch, was das Internet ist. Heute gilt einer ohne Internet-Adresse praktisch als Person ohne festen Wohnsitz. Wo wird das enden? Ich sag's Ihnen.

Beginnen wir in meinem Zeitungsladen, in dem Monat für Monat ein weiterer Regalmeter von Zeitschriften eingenommen wird, die zum Beispiel »OS/2 Inside« heißen und in deren Artikeln ich keinen einzigen Satz kapiere. Ich greife wahllos zwei Beispiele heraus, erstens: »In der Standardkonfiguration sind die Parameter Client User ID und Client Group ID auf NULL – nicht 0 – gesetzt. Das heißt: Sie existieren nicht.« Zweitens: »Nach ein wenig Einarbeitungszeit kommt man problemlos mit Ausdrücken wie diesem zurecht: (\« ^\« *\«\' ^' *').«

Gebt mir tausend Jahre Einarbeitungszeit, das werde ich nie verstehen! Muß ich auch nicht, es ist nicht für mich geschrieben, und es interessiert mich nicht. Ich könnte mit einem Text auf Koreanisch genauso wenig anfangen. Auch im medizinischen Fachbericht eines Arztes an einen anderen Arzt, betreffend eine Erkrankung meines Unterleibs, wäre mir Satz für Satz verschlossen.

Aber! Jemand könnte mir das Koreanische ins Deutsche übersetzen. Ein Mediziner könnte mir erklären, an welcher Krankheit ich leide. Niemals jedoch wird mir jemand begreiflich machen, was diese beiden Sätze bedeuten. Man kann sie nicht übersetzen. Es ist, als wäre man mit Wesen in Kontakt gekommen, die in einer an-

deren Dimension leben. Es müssen viele sein, sonst würden nicht jeden Tag neue Zeitschriften mit solchen Sätzen erscheinen. Vor einiger Zeit fand ich sogar schon im Sportteil der Zeitung ein Inserat, in dem eine Firma mitteilte, daß sie dem Leser alles über ein Fußballspiel mitteilen könne, falls er das Match nicht habe sehen können. Die Firma gab ihre Internet-Adresse zur Kenntnis und verabschiedete sich mit den Worten: »Viel Vergnügen wünscht Ihr IT-Partner für Beratung, Systemintegration und Outsourcing.« IT-Partner? Systemintegration? Outsourcing? Wer grüßt da wen?
Ob Leute, die so sprechen und schreiben, noch das gleiche essen wie wir? Vielleicht leben sie nicht mehr von Brot und Butter, Fleisch und Gemüse? Vielleicht sehen sie noch so aus wie wir, tragen Anzüge und Kleider und bezahlen dafür mit Geld, damit sie nicht auffallen. Aber wenn sie allein sind, schlucken sie kleine grüne Tabletten oder verschlingen gierig die Innereien alter Laptops, oder sie verspeisen ihre eigenen Wörter, seltsame Menüs aus Begriffen wie »Bootmanager-Partition«, »Netscape-Browser« und »(»=’«=`«.
Vielleicht lebt mitten unter uns eine Kaste von Wesen, die in einer anderen Wirklichkeit existieren. Sie gehören einer höheren Realität an, von der wir nichts wissen und zu der wir auch nicht vordringen können, weil unsere Gehirne prinzipiell zur Erkenntnis dieser Dimension nicht in der Lage sind: So wie eine Ameise diesen Artikel nicht lesen kann, kann ich nicht »OS/2 Inside« dechiffrieren. Diese Wesen lesen ihre eigenen Zeitschriften, surfen in ihren eigenen Computer-Netzen, regieren ihre Parallelwelt in eigenen Ministerien. Sie tanzen auf ihren eigenen Parties nach ihrer eigenen

Musik, und wenn sie sich mögen, sagen sie »\(»‘)/?« zueinander und pflanzen sich mit ihren eigenen Geschlechtsorganen fort, die sehr anders als unsere funktionieren.

Das Verhältnis zwischen den Computerexperten und uns wird eines Tages ganz und gar sein wie das Verhältnis zwischen Mensch und Tier. Der Mensch erforscht das Verhalten der Tiere, freut sich an ihrer Existenz und nutzt sie. Wozu werden wir von Nutzen sein? Wird man uns als eine Art Singvögel halten, in Käfigen, unserem Gezwitscher lauschend? Wir werden nicht verstehen, was sie mit uns tun, und auf den Lauf der Welt werden wir keinen Einfluß haben.

Als ich die Bademeisterin fraß

Neulich las ich die Gesundheitstips in einer Zeitschrift. Mitten aus diesen Gesundheitstips heraus blickte mich das Gesicht Franzi van Almsicks an. Und Franzi van Almsick sprach also zu mir etwa wie folgt:
Ich hab's euch immer schon gesagt, ihr sollt schwimmen dreimal die Woche und sollt euren Pulsschlag dadurch erhöhen, wie es auf den Gesetzestafeln des Sportbundes verzeichnet ist, auf daß ihr gesund bleibt und den Allgemeinen Ortskrankenkassen nicht zur Last fallt. Und ihr sollt jeweils eine halbe Stunde schwimmen und unter Wasser ausatmen, und wenn ihr also tut, das ist optimal, und ihr werdet euch dann nie einer Koronargruppe anschließen müssen.
Ich blickte an mir herunter und sah, daß ich fett war, fühlte mich kurzatmig, häßlich und herzkrank und tat, wie Franzi mich geheißen hatte, ging schwimmen, dreimal die Woche, atmete unter Wasser aus und über Wasser ein und verwechselte beides nur einmal, dann nie wieder. Ich kaufte mir eine Schwimmbrille und betrachtete, während ich schwamm, die anderen Schwimmer von unten: eine merkwürdige, ins Babyblau des Bassins getauchte Welt schwebender Bäuche, umkurvt von langgestreckten, wie Außenbordmotoren durchs Wasser wütenden Kraulern.
»Der Leib wird leicht im Wasser«, heißt es bei Brecht, und das ist schön, dachte ich, besonders für die großen Wasserverdränger, denn jeder Körper verliert im Wasser soviel an Gewicht wie die Wassermasse wiegt, deren Stelle er einnimmt, capito? Das heißt, wenn ich nicht

irre, daß der Dicke im Wasser mehr Gewicht verliert als der Dünne, aber leider nur so lange, bis er wieder heraussteigt. Richtig gut wäre es, wenn der Gewichtsverlust auch an Land erhalten bliebe, wenn man also zum Abnehmen nur kurz in die Badewanne gehen müßte, schon würde das Übergewicht durch den Abfluß gluckern. Aber das hat sich wohl nicht machen lassen bei der Erschaffung der Welt, wie so vieles andere auch, und wir müssen zufrieden sein, wie es ist.

Ich möchte aber auf Grund meiner Erfahrungen anmerken, daß es keine, aber auch gar keine Form des Sports gibt, die einen dermaßen wühlenden Appetit erzeugt wie das Schwimmen. Man hievt seinen ertüchtigten Leib aus dem Wasser, und sofort spürt man in dessen Mitte ein schmerzendes Loch. Mir ist ein Rätsel, wie Franzi dieses erträgt. Hält sie sich nicht täglich stundenlang im Wasser auf, dabei Unvergleichliches leistend? Wie kommt es, daß sie nach dem Training nicht sofort noch am Beckenrand ihren Übungsleiter frißt? Wie ist es möglich, daß nach einem Schwimmrennen nicht Teile des Publikums zwischen den Zähnen der Athleten landen, die anders ihres Hungers nicht mehr Herr werden?

Bei mir ist es jedenfalls nun so, daß ich nach dreißig Bahnen im Dantebad schon auf dem Weg zur Dusche nicht mehr fähig bin, meinen Appetit zu zähmen: Ich rase zu den Kabinen wie ein tobsüchtiger Velociraptor in Spielbergs »Jurassic Park«, falle bereits auf dem Weg zu den Duschen zartfleischige Badegäste an und verschmähte kürzlich auch eine muskulöse Bademeisterin nicht, die Widerworte gab, als ich ihr das mitgebrachte Pausenbrot aus der Hand schnappte. Dem Wirt einer

nahe der Schwimmanstalt befindlichen Gaststätte bin ich ein lieber Gast, weil ich dreimal die Woche sein gesamtes Speisekartenprogramm verzehre.
In meinem Hungerschmerz und meiner Gier nehme ich nach jedem Badbesuch ein Vielfaches dessen zu mir, was ich durch die Körperbewegung tatsächlich abarbeite. Die Konsequenz: Ich werde dicker, weil ich schwimme, Schwimmen dient meiner Fettneß. Eines Tages, wenn ich sehr viel geschwommen sein werde, werde ich meinen massigen Körper auf den Zehner-Sprungturm hinaufwuchten und mit einem gigantischen Juchhu! hinunterspringen. Die größte Arschbombe der Welt! Das Becken ist wasserfrei danach und mein Lachen fröhlich wie nie, denn ich bin fat for fun. Danke, Franzi, für den Tip!

Vorhangstangen sind eigentlich doch schön

Lange Zeit glaubte ich, daß es im Irrenhaus eine Abteilung für gescheiterte Hobby-Handwerker gibt. Heute weiß ich es. Denn ich lebe dort, hihi.

Eines Tages sagte Paola zu mir, sie hätte gern im Schlafzimmer einen neuen Vorhang. Sie möchte aber keine Vorhangstange, sondern ein gespanntes Drahtseil, an dem Ringe hängen, an denen wiederum der Vorhang hängt.

Sehr schön, sagte ich. Ich bohre dann also in die Wände am Fenster zwei gegenüberliegende Löcher, sagte ich. In diese Löcher stecke ich Dübel. In diese Dübel schraube ich Haken. Und zwischen den Haken spanne ich das Seil.

Ich holte Bohrmaschine und Leiter, kletterte und bohrte. Beim ersten Loch rieselte viel Putz zu Boden. Das Loch wurde groß, und ich besserte es mit Gips aus. Beim zweiten war es schlimmer, Altbauwände sind morsch. Aber ich hatte genug Gips. Ich dübelte und schraubte, spannte den Draht. Als er straff war, flutschten beide Dübel samt Haken aus den Wänden, von der Spannkraft des Seils gezogen. Ich wurde ärgerlich, pumpte nun viel Moltofill direkt in die Löcher, steckte die Dübel in das weiche Moltofill, wartete, bis es hart wurde. Schraubte und spannte.

»Vorhangstangen sind eigentlich doch schön«, sagte ich zu Paola.

Diesmal rutschte nur ein Dübel aus der Wand, aber mit ihm eine Menge Moltofill, Putz, Ziegelstaub, Mörtel. Das Loch war unbrauchbar. Ich mußte neu bohren

und gegenüber an der Wand noch mal, damit das Seil nicht schief hing.
»Verdammt!« brüllte ich.
»Bei der kleinsten Arbeit in der Wohnung regst du dich auf«, sagte Paola.
»Sag noch einmal ›kleinste Arbeit‹!« schrie ich. »Mach du es, wenn es eine kleine Arbeit ist!« schrie ich.
»Und du? Ich habe die Vorhänge genäht!«
»Weil du dauernd neue Vorhänge willst, ist mir der Samstag versaut!«
»Die Vorhänge sind auch für dich!« schrie sie.
Ich bohrte neue Löcher, nahm nun Spezialdübel und Spezialgips, schraubte, spannte. Diesmal krachte das Seil herunter, als die Vorhänge schon dranhingen. Der Stoff bedeckte mich, den Stoff bedeckte körniger Mauerstaub. Ich spuckte entsetzliche Flüche in den Raum.
»Ich hasse deinen Jähzorn!« rief Paola.
»Warum hast du keinen Handwerker geheiratet?« schrie ich.
»Das tue ich nach unserer Scheidung!« rief sie.
Ich bohrte zum drittenmal, drang ins Mauerwerk wie eine Furie, Steine, Wand, Haus in Wutgesängen verhöhnend. In der Erregung riß ich den Stecker des Bohrers aus der Wand, aber er drehte sich weiter, betrieben von meinem ungeheuren elektrischen Zorn. Dann lief ich zu einem Eisenwarengeschäft in der Nähe, erkundigte mich nach Superspezialdübeln und Superspezialgips. Beides gebe es, sagte die Verkäuferin, aber man habe nur einen kleinen Vorrat. Der sei vorbestellt und werde gleich abgeholt.
Ihr Kittel verglühte im Flammenhauch des Zorns, der aus meinem Mund schlug. Ihre Haut wurde geröstet.

Sie stand vor mir wie ein frisch gebratenes, vom Schicksal überraschtes Huhn. Der Ladenbesitzer eilte herbei, sah, was geschehen war, holte ängstlich eilend das Gewünschte. Zu Hause entdeckte ich, daß der Superspezialgips ein Kunststoff war, den man aus zwei Komponenten zusammenrühren mußte. Ich tat dies und spritzte die Substanz in die Löcher. Indes härtete sie derart schnell, daß ich mit der Hand am ersten Bohrloch kleben blieb. Als ich mich losriß, blieben Hautfetzen an der Mauer zurück. Trotz Schmerzen dübelte ich, drehte wiederum Haken in die Wand, spannte das Seil, hängte die Vorhänge. Als ich fertig war, geriet ich auf der Leiter aus dem Gleichgewicht, faßte das Seil, riß alles zu Boden.

Ich raffte mich müde auf, wie ein alter Boxer nach einem grauenhaften Hieb, begann noch einmal, ein Loch zu bohren, einen Dübel hineinzustecken, einen Haken hineinzudrehen. An dem dort befestigten Drahtseil wollte ich nicht den Vorhang, sondern mich aufknüpfen.

Kräftige Männer hinderten mich daran. Kräftige Männer brachten mich an den Ort, an dem ich nun lebe. Kräftige Männer beaufsichtigen mich, wenn ich jeden Samstag neu in ein und demselben Zimmer Vorhänge an gespannten Drahtseilen zu befestigen versuche. Sie befestigen ihrerseits vorher Kabel an meinem Körper, die zu einem merkwürdigen Apparat führen. Das kitzelt, aber es ist notwendig. Denn mit der gewaltigen Energie meiner sich entfaltenden Wut wird das Badewasser der gesamten Anstalt beheizt, glaube ich, hihi.

Leider nein

Also, wir haben hier nun zuerst einen sehr höflichen Zweijährigen, welcher anscheinend, ohne es zu wollen, in eine frühe Trotzphase geraten ist.
»Lieber Luis, hast du Hunger?« fragt Paola.
»Leider nein«, sagt Luis.
»Möchtest du nicht eine Semmel mit Marmelade zum Frühstück?«
»Leider nein«, sagt Luis.
»Oder hättest du gerne ein paar Cornflakes?«
»Leider nein.«
»Ja, aber du mußt doch irgend etwas essen!«
»Leider nein.«
Man sieht: Er bedauert sehr, daß er seinen Eltern solche Ungelegenheiten machen muß, doch die Trotzphasen kommen und gehen, da kann man nichts machen als kleiner Mensch. Aber die Zeit schreitet fort, und es liegt in der Natur von Trotzphasen, daß sie sich mit der Gewalt von Hurrikanen entwickeln. Alle Höflichkeit wird hinweggefegt, und jedes vom Trotz zermürbte, porös gewordene Leider verfliegt im Wind – auch bei diesem kleinen Herrn hier.
»Luis, schau, hier ist so schöner Griesbrei, davon mußt du etwas essen«, sagt Paola.
»Nein«, sagt Luis.
»Aber wenn du nichts mehr ißt, wirst du ganz dünn, hast keine Kraft und kannst nicht mehr spielen«, sagt Paola.
»Nein«, sagt Luis.
Sein Mund bildet einen dünnen Strich.

»In der Trotzphase entdeckt das Kind seinen eigenen Willen«, sage ich. »Es experimentiert damit, ohne Sinn dafür, wo es angebracht ist und wo nicht.«
»Ach ja?« seufzt Paola.
»Paß auf!« sage ich und nehme einen Löffel Griesbrei. »Dies hier ist ein Feuerwehrauto, und es will in die Garage: Tatütata!«
Der dünne Strich klappt auf, und das Feuerwehrauto fährt in die Garage, das erste Feuerwehrauto der Welt, das mit Martinshorn in die Garage fährt.
»Siehst du!« sage ich zu Paola. »So macht man das. Jedes trotzige Kind kann man mit einem netten Spiel überzeugen.«
Ich nehme einen zweiten Löffel Griesbrei.
»Achtung!« rufe ich, »hier ist noch ein Feuerwehrauto. Tatütata!«
Der Mund bleibt hart. Ich wiederhole das Tatütata. Die Garage bleibt zu. Tatütata zum dritten. Nichts.
»Kannst du es mir noch mal zeigen?« fragt Paola lächelnd. »Ich habe es beim ersten Mal nicht gesehen.«
»Tatütata!« rufe ich, ein letztes Tatütata.
Der Mund öffnet sich.
»Nein!« sagt der Mund. Außerdem entquillt ihm der Griesbrei vom ersten Löffel.
»Er hat halt keinen Hunger«, sage ich.
»Nein«, sagt der Mund.
»Ich kann das Wort Nein nicht mehr hören«, sagt Paola. »Wenn ich mit ihm spazierengehe, springt er aus dem Buggy, und wenn ich ihn rufe, sagt er ›Nein‹. Wenn ich ihn wickeln muß, windet er sich auf der Kommode und schreit ›Nein!‹. Wenn ich ihm Schuhe anziehen will, macht er sich steif wie ein Brett und

nein
nein
nein

brüllt ›Nein!!‹. Und jetzt muß ich mit ihm in den Drogeriemarkt... Kannst du nicht mit ihm gehen?« Sie fügt leise hinzu: »Ich... schaffe... es... nicht.«
»Ich, ähm, habe eine sehr dringende Arbeit zu erledigen«, sage ich.
»Bitte!« sagt sie.
»Also gut«, sage ich. Ich habe alle Trotzphasen hinter mir und bin gereinigt von eigenem Willen.
So mache ich mich mit Luis auf den Weg zum Drogeriemarkt. Als ich ihn in den Kindersitz des Einkaufswagens setzen will, schreit er »Nein«. Als ich ihn daran zu hindern trachte, das Regal mit der Zahnpasta auszuräumen, brüllt er »Neinnein«. Als ich ihm erkläre, er solle sich nicht mitten im Geschäft auf dem Boden wälzen, kreischt er »Neinneinnein«. Ich versuche, Babynahrung aus dem Regal zu nehmen, er öffnet währenddessen eine Packung Präservative. Ich überlege, welche Windelmarke ich nehmen soll, er versprüht derweil Glasreiniger über die Kräutertees. Ich laufe schnell zum Toilettenpapier, er untersucht den Schrank mit den teuren Pudern. Ich haste nervös wieder zu ihm, er pudert sich die Nase. Ich rutsche auf einer Dose Haarspray aus, die er auf den Boden geworfen hat, krache fallend in das Sonderangebot von Kölnisch Wasser und brülle: »Hör endlich auf damit und bleib bei mir!«
»Nein«, sagt er.
Über mir erscheint das Gesicht einer Verkäuferin. Sie sagt: »Es ist doch ein kleines Kind! Können Sie sich denn gar nicht beherrschen?«
Und ich murmele: »Leider nein.«

Ein Kühlschrank hat Angst

Ich saß mal wieder nachts in der Küche und starrte aus dem Fenster in den Hinterhof und auf das gegenüberliegende Haus, in dem gerade das letzte Licht hinter einem Fenster im vierten Stock erloschen war. Es war die Stunde, in der ich mich oft mit Bosch unterhalte, meinem sehr alten Kühlschrank und Freund. Ich trank Rotwein.

»Ich hätte auch gerne mal Rotwein«, sagte Bosch. »Nie stellst du Rotwein in mich rein.«

»Rotwein ist nichts für Kühlschränke«, antwortete ich, »und Kühlschränke sind nichts für Rotwein.«

Sein Motor brummte ein bißchen mürrischer als sonst, und ich fügte hinzu: »Ich habe gelesen, daß es bald Kühlschränke mit eingebautem Computer geben wird. Sie werden an das Internet angeschlossen und können selbständig im Supermarkt Nachschub bestellen, wenn keine Butter mehr da ist oder keine Erdbeermarmelade. Und wenn das Verfallsdatum der Milch abgelaufen ist, bestellen sie auch Milch. Solche Kühlschränke könnten sich auch selbst Rotwein kommen lassen.«

»Und wie kommt die Butter dann hierher und der Wein?« fragte Bosch.

»Ein Bote bringt sie«, sagte ich.

»Schade«, sagte Bosch. »Es wäre doch schön, wenn die Kühlschränke auch selbst einkaufen gehen würden. Sie könnten in die Geschäfte gehen und Butter, Milch und Marmelade holen, und an der Kasse würden sie ihre

Tür öffnen, und die Kassiererin könnte gleich alles in ihren Leib hineinstellen. Sie bräuchten nicht einmal einen Einkaufskorb.«
»Aber wie willst du in den Supermarkt kommen?« fragte ich. »So ein langes Elektrokabel gibt es nicht.«
»Man bräuchte halt einen Akku, der sich auflädt und zwei, drei Stunden hält«, sagte Bosch. »Ich habe gehört, daß es Akkus gibt. Der kleine Black & Decker hat es mir erzählt, der Tischstaubsauger, weißt du. Er hat selbst einen Akku.« Er seufzte. »Man würde auch mal andere Kühlschränke kennenlernen. Wir könnten uns beim Einkaufen treffen und über alles reden. Ich habe gehört, daß es auch Kühlschränke gibt, die Siemens heißen oder Liebherr. Und ich würde so gerne mal in ein Geschäft gehen und selbst einkaufen. Ich war noch nie in einem Geschäft, außer in dem Laden, in dem du mich gekauft hast, damals.«
Ich machte seine Tür auf, um mir ein Stück Käse zu nehmen. Er atmete mich kühl an, wie immer, aber irgendwie kam es mir vor, als leuchte er besonders hell, wenn er so erzählte. Er hat ja wirklich nur mich zum Reden und ein paar Elektrogeräte in der Küche. Aber die meisten mag er nicht: Der Herd sei ein Idiot, sagt er immer, alle Herde seien Idioten, und die Mikrowelle sei schon gar nicht sein Fall, ein hysterisches junges Ding, das ihn anschwärme, weil er so cool sei, immer so herrlich cool. Ich hatte auch gelesen, daß ein Professor in den USA beabsichtige, nicht mehr bloß Herzen und Lebern, sondern auch Köpfe zu verpflanzen. Eines Tages wird es soweit sein, daß man Köpfe auf Kühlschränke verpflanzt, dachte ich, und Beine wird man auch dranmachen, und dann wird so ein Bosch mit ins

Wohnzimmer kommen können, wenn ich Fußball sehe, und ich muß nicht mehr aufstehen zum Bierholen. Andererseits: Wenn man manchmal gewisse Managertypen im Flugzeug sieht – vielleicht machen sie das alles ja schon längst, das mit den Köpfen auf Kühlschränken. Und wir wissen es nur nicht.

Ich war wieder zum Fenster gegangen und blickte ins Dunkel hinaus. »Ich bin schon zu alt für diese Computer und dieses Internet«, sagte Bosch leise. »Für mich kommt das alles zu spät. Manchmal fühle ich mich krank, und der Kompressor tut so weh, und ich habe Angst vor Kühlmittelkrebs.«

»Ach was«, sagte ich. »So jammerst du schon seit Jahren. Du bist noch bestens in Schuß und so schön rund, und du brummst so sonor und bist nicht so ein dämlicher, unauffälliger Einbaukühlschrank wie die anderen.«

»Du wirst mich nicht verkaufen?« fragte er noch leiser als vorher. »Du wirst mich nicht, ähm, entsorgen, nicht wahr? Du wirst dir nicht so ein junges Internet-Ding zulegen?«

»Nie im Leben!« rief ich. »Keiner kühlt mein Bier wie du! Und jetzt laß uns schlafen gehen!« Ich gab ihm einen Klaps auf die Tür. Er hörte auf zu brummen. Ich ging auf den Flur hinaus und zum Schlafzimmer, aber auf halbem Wege kehrte ich noch einmal zurück, nahm die angebrochene Flasche Rotwein vom Tisch, öffnete den Kühlschrank und stellte sie hinein.

Bewohnte Atome

Vor einiger Zeit las ich: Der große Wissenschaftler Hawking behauptet, das Universum sei ursprünglich nicht größer als eine Erbse gewesen. Dann aber habe es begonnen, sich explosionsartig auszudehnen und auszudehnen und immer weiter auszudehnen. Auch heute noch dehne es sich Tag für Tag weiter aus. Ich dachte an den armen Kerl, der damals die Konserve mit dieser einen bestimmten Ur-Erbse gekauft hatte, sie in seiner Speisekammer ins Regal stellte – und plötzlich machte es »knall!«, und das Erbsen-Weltall explodierte in der Dose, sprengte sie, sprengte die Speisekammer, sprengte das Haus, dehnte sich aus und aus und aus, und der Mann, der doch nur ein Risi-Pisi hatte machen wollen oder ein Erbspüree, dieser Mann also fand sich am äußersten Rand des Weltalls zappelnd wieder, mit Hilfe der Energie einer einzigen Knall-Erbse weiter und weiter ins äußerste Nichts vordringend. Und alle Englein sangen:

»Bonduelle ist das famose
Universum in der Dose.«

Na ja, das ist alles immer noch besser, als wenn der Mann die Erbse gerade gegessen hätte, kurz bevor sie sich auszudehnen begann: Er wäre dann vom Urknall zerrissen worden wie von einer unvorstellbaren Blähung.

Übrigens habe ich, was diese Dinge angeht, eine eigene Theorie, welche aber wahrscheinlich von allen Physiklehrern der Welt verworfen würde. Diese Theorie besagt, daß die Welt der kleinsten Teilchen, aus der die Erbsen und Linsen, die Kaffeetassen und Aschenbecher, die Automobile und Computer und nicht zuletzt wir selbst bestehen, die Welt der Atome und der Quarks, der Mesonen und Photonen, daß diese Welt also nichts anderes als eine Welt winzigster Sonnensysteme ist. Elektronen umkreisen Atomkerne wie die Erde die Sonne umkreist und der Mond die Erde, und dazwischen gibt es freien Raum, wie es zwischen der Erde und der Sonne und dem Mond freien Raum gibt, in dem Raumstationen herumfliegen können und Satelliten.

Nach meiner Theorie ist es nun möglich, daß es bewohnte Atome gibt. Die meisten Menschen können sich das nicht vorstellen, weil die Bewohner der Atome so unglaublich klein sein müßten, daß sie selbst mit den allerbesten Mikroskopen der Welt nicht sichtbar wären. Und was sie nicht sehen können, das glauben nun einmal die meisten Leute nicht.

Ich halte es indes für ganz und gar möglich, daß zum Beispiel in dem Zuckerwürfel, der hier gerade vor mir liegt, ein Atom enthalten ist, auf dem eine komplette, der unsrigen vergleichbare Zivilisation existiert, oder daß im Porzellan meiner Kaffeetasse ein von Lebewesen irgendeiner Art besiedeltes Quark existiert, ja, daß zwischen diesen Winzplaneten ein lebhafter Flugverkehr mit winzi-winzi-winzigsten interatomaren Raumschiffen organisiert wird, und daß die Leute in ihnen so sehr von einer Landung auf einem Photon im benachbarten Zuckerwürfel oder in der Untertasse unter meiner Kaffeetasse träumen wie Wernher von Braun von einer Landung auf dem Mars geträumt hat.

Leser, bist du noch da? Wir wollen weitermachen. Wenn es nämlich so ist, wie ich eben erzählt habe, dann ist folgendes nicht unwahrscheinlich: Auch die Erde und das ganze Erbsen-Universum sind nur unvorstellbar kleine Teilchen in einem, sagen wir, gigantischen Zuckerwürfel, welcher in einer anderen Welt in irgendeiner Zuckerdose auf irgendeinem Schreibtisch liegt – und was geschieht, wenn ihn dort jemand in seinen Kaffee wirft, das wollen wir uns lieber mal nicht vorstellen.
Jedenfalls bin ich der Ansicht, es könnte gewiß irgendwo da draußen auf irgendeinem anderen Planeten Leben geben. Aber noch viel mehr glaube ich, daß es hier drinnen Leben gibt, ganz nahe bei uns, vielleicht sogar in dem Bonbon, das ich mir gerade in den Mund schiebe, daß um uns herum riesige Flotten winzigster Raumschiffe herumschwirren, daß ihnen seltsame Wesen entsteigen, von denen wir nicht einmal etwas ahnen, daß wir umgeben sind von einem unbekannten, ungeahnten, quirlenden Leben.
Das glaubt mir natürlich wieder mal niemand. Aber diesem Hawking geben sie irgendwann den Nobelpreis für seine komische Erbsen-Theorie, wetten?

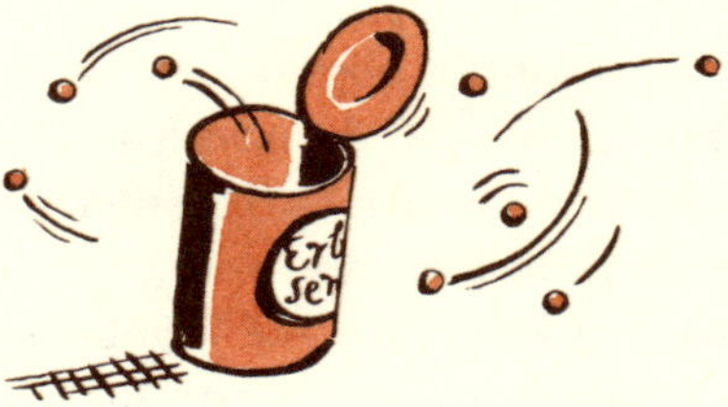

Findst du mich denn gar nicht bello?

Wissen Sie, wer mir vollkommen wurscht ist? Alain Delon ist mir vollkommen wurscht.
Sie können sich gar nicht vorstellen, wie egal mir Alain Delon ist.
Alain wer? ist? das? überhaupt?
Die neue zweite Kraft bei »Serge, le Coiffeur« in der Sendlinger Straße? Der Favorit im dritten Daglfinger Rennen? Ein Deodorant-Stift von Gillette?
Kann mich nicht erinnern.
Einmal kam ein junger Bursche in die Bar des italienischen Dorfs, das wir in den Ferien immer besuchen. Er war anscheinend nicht aus der Gegend und fragte die verrückte Alte, die oft im geblümten Kittel am einzigen Tisch sitzt, ob er sich setzen dürfe, und sie sagte:
»Wenn du Alain Delon wärst...«
»Was wäre dann?«
»Wenn du Alain Delon wärst, dann würde ich mir das Gebiß rausnehmen und dir einen...« (Entschuldigung, für das letzte Wort hat leider mein Italienisch nicht gereicht.)
Toll, was Alain Delon für Frauen haben kann, was?
Na, wie gesagt, mir ist er egal.
Wie komme ich überhaupt auf seinen Namen?
Ich komme darauf, weil ich sehr oft zusammen mit der Frau meines Lebens Filme anschaue, sagen wir, nur ein Beispiel, »Die Farbe des Geldes« mit Paul Newman. Wir sitzen zusammen auf dem Sofa, und ich schaue und schaue, und Paola schaut und seufzt, und ich

schaue zu ihr, und sie schaut zu Paul Newman und seufzt, und ich schaue wieder auf den Bildschirm, und sie auch und seufzt, und ich schaue wieder zu ihr, und sie seufzt, den Blick auf Paul Newman gerichtet. Und ich frage:
»Was seufzt du eigentlich dauernd so?«
Und sie seufzt.
»Sag's ruhig«, sage ich ruhig, »kannst es ruhig sagen.«
Und sie seufzt.
»Ach«, sagt sie dann seufzend und schaut mich an, als Paul Newman einmal kurz nicht auf dem Bildschirm zu sehen ist, »wie souverän er ist…«
Und ich seufze.
Dann nehme ich meine Rhett-Butler-Maske aus dem Schrank, tanze ein paar Schritte durch das Zimmer und singe das Lied aller Männer, die mit ihrer Frau zusammen Filme anschauen:

»Bin nicht Brad, bin nicht Pitt,
bin nur Du-hu-hurchschnitt.
Bin nicht Al, nicht Pacino,
sitz nur neben dir im Kino.
Bin nicht Redford, nicht Marcello –
findst du mich denn gar nicht bello?«

Klasse, oder? Aber jetzt hören Sie den Refrain:

»Bin nicht Clark, bin nicht Gable,
aber ich hab' einen Faible:
für dich!
Bin nicht Cary, bin nicht Grant,
aber mein Herz, das brennt:
für dich!«

Jedenfalls ist es besser, als es zu machen wie mein Onkel Heinz. Vor vielen Jahren sah meine Tante Elma einmal Omar Sharif in »Doktor Schiwago«. Wochenlang sprach sie bei jeder Gelegenheit von Omar, seiner Leidenschaft und Männlichkeit, so lange, bis der Onkel mit rotem Kopf in den Keller rannte, sich eine Axt holte und im Garten eine mittelgroße Tanne fällte, bei jedem Hieb brüllend: »Doktor Schiwago! Doktor Schiwago!«

Das ist lange her. Onkel Heinz ist schon tot, Tante Elma lebt bei ihrer Tochter und den Enkeln, und Omar ist wahrscheinlich auch schon Opar.

Wie hieß jetzt noch mal dieser Typ, der mir völlig schnuppe ist?

Richtig: Alain Delon. Was also nun Alain Delon angeht, so hatte ich kürzlich einen kleinen Streit mit meiner Frau, in dessen Verlauf ich mich sehr erregte, zu allerlei Unverschämtheiten verstieg, schließlich sogar das Haus verließ, um in einem Lokal in der Nähe zu trinken, dann zurückkehrte, mich weiter in der Wortwahl vergriff, bis Paola mich schließlich anschrie:

»Was glaubst du eigentlich, wer du bist? Alain Delon, oder was?«

Gut, daß mir ausgerechnet Alain Delon so total gleichgültig ist.

Schüchternheit – eine Ohrenkrankheit

Ich möchte jetzt auf etwas zu sprechen kommen ... Es ist mir unangenehm, ein körperlicher Mangel ... Nun: Ich habe – wie die meisten Menschen – zwei Ohren, aber das eine steht ein bißchen weiter ab, und es ist, vielleicht weil es dem Wind und Wetter mehr ausgesetzt und dadurch besser durchblutet ist, also es ist ... es wird leicht rot, dieses Ohr, wodurch wiederum mein körperlicher Mangel augenfälliger wird, wodurch wiederum mein Ohr noch leichter errötet, wodurch wiederum ...

Wissen Sie, daß Schüchternheit eine Ohrenkrankheit ist, und daß es mit ihr ist wie ... wie ... wie mit der Malaria? Man wird sie, wenn man sie erstmal hat, sein Leben lang nicht mehr los, wird immer mal wieder von Schüchternheitsschüben heimgesucht, plötzlichem Schüchternheitsfieber, auch nach jahrelanger Freiheit von diesem Leiden, eine Hitze, die – in meinem Fall – in die Ohren steigt, in das rechte Ohr, um es genau zu sagen, dieses ein bißchen weiter abstehende Segelohr, welches ich bei den entsprechenden Krankheitsattacken hisse wie eine blutrote Alarmflagge.

Ich leide seit meiner Kindheit. Allein die Aussicht, im Unterricht aufgerufen zu werden, um aufzustehen und einen lateinischen Satz auswendig herzusagen, konnte einen Verlegenheitskrampf hervorrufen, welcher mich zunächst in völlige physische Starre versetzte und meine Gesichtshaut, den entsprechenden Eigenschaften des Chamäleons nicht unähnlich, in etwa die Farbe der Wandtafel annehmen ließ. Gleichzeitig aber stieg sämtliches Blut aus dem Kopf hinauf ins rechte Ohr, obwohl ich mich, um den Knorpel schläfenwärts zu pressen, ihn windschlüpfriger zu machen und so meine Luftwiderstandswerte zu verbessern, seit Jahren bemühte, nur auf der rechten Seite zu schlafen.

Später, in meiner Pubertät, riß ich ganze Mädchenscharen zu hellem Gelächter hin, wenn ich – in der Tanzstunde zum Beispiel – unentschlossen herumstand, zu keiner Aufforderung und keinem Geschäker imstande, ganz auf mein Ohr konzentriert, das in den Raum hineinragte wie eine Leuchtreklame. Ich war eine einsame Waldohreule, deren traurigen Ruf niemand erhörte. Wie Pinocchios Nase wuchs, wenn er log, so errötete mein Ohr, wenn die Schüchternheit mich ergriff.

Meine erste Liebe, ein resolutes Mädchen, küßte mich während einer Klassenfahrt im Dunkel eines Eisenbahnabteils. Ich war ganz Ohr, wie immer, aber sie sah es nicht, und ich küßte ungeschickt zurück. Aber als es hell wurde, am nächsten Tag, erlitt ich einen dauerhaften, sich über Wochen hinziehenden Schüchternheitsanfall, in dessen Verlauf ich an mein Ohr gekettet war wie ein Strafgefangener an die Eisenkugel. Also verlor ich das Mädchen an einen forschen Betriebswirtschaftsstudenten, welcher beide Ohren angelegt hatte, ein symmetrischer Mensch mit angewachsenen Läppchen links und rechts.

Glauben Sie mir, ich habe alles versucht, mich zu erlösen. Ich vertraute mich einem chinesischen Mediziner an, der geheimnisvolle Wurzelpulver verordnete und Nadeln in mein Ohrenfleisch stach. Ich hyperventilierte auf den Bodenmatten einer Bhagwan-Anhängerin, bis beide Ohrmuscheln lila wurden. Ich fand einen

Haarsalon, in dem man mich bis zur Unauffälligkeit frisierte. Sogar mit dem Boxsport fing ich an, im Vertrauen darauf, es würde sich jemand finden, der mir wenigstens ein Stück des rechten Ohres wegäße, wie einmal Mike Tyson seinem Gegner George Foreman etwas vom Ohr abbiß.

Heute macht sich mein Gebrechen nur noch in sehr großen Zeitabständen bemerkbar. Aber frei sein werde ich nie von ihm. Kennen Sie diese Fernsehmoderatoren oder die Kabarettisten oder auch die Zauberkünstler im Zirkus, die dann und wann einen Mann aus dem Publikum auf die Bühne holen oder in die Manege? Das ist mein Alptraum. Aus der Anonymität gerissen zu werden, plötzlich vor allen Leuten zu stehen – und ich bin starr und stumm und fühle das Blut steigen und höre es rauschen, rechts oben, und dann läßt mich der Zaubermeister verschwinden und holt mich wieder aus dem Zylinder: als weißes Kaninchen mit einem purpurroten Ohr.

Woher kommen die Buchstaben?

Bitte, Sie müssen wissen, daß ich aus bescheidenen Verhältnissen stamme. Wir lebten zu fünft in drei Zimmern, die Toilette war auf der Etage, die Mahlzeiten bestanden aus einfachen Gerichten. Aber- und abermals wurde unsere Kleidung mit Flicken ausgebessert, wenn sie beim Spielen zerriß. Später kaufte der Vater ein winziges Haus am Stadtrand, in dem mehr Platz war. Aus dem Garten versorgte die Mutter uns mit Gemüse und Obst. Aber in mancher Hinsicht wurde die Lage noch schwieriger. Die Schulden für das Haus drückten den Vater so, daß er eine zweite Arbeitsstelle annahm und jeden Morgen die Zeitung austrug. Danach ging er ins Postamt, um den Dienst als Schalterbeamter zu versehen.

Das Schlimmste jedoch war der Buchstabenmangel, der uns in jenen Jahren quälte. Es gab damals eine Reihe von ungewöhnlich langen, kalten, dennoch schneearmen Wintern, unter deren Folgen die Ernte der Buchstaben auf den Feldern rings um die Stadt genauso litt wie die des Weizens, der Gerste, des Roggens. Heute wissen viele Kinder nicht einmal mehr, woher die Buchstaben kommen. Sie denken, sie seien einfach da oder kämen aus der Fabrik, wie ein Glas Milch oder eine Kuh einfach da seien oder aus der Fabrik kämen. Nie haben sie eine Kuh, ein Kornfeld, eine Buchstabenpflanze gesehen.

Damals herrschte Not. Die Halme blieben spindeldürr, die Buchstabenähren darauf klein. Wenn die Mähdrescher im Sommer über die Felder fuhren, dauerte es doppelt so lange wie in normalen Jahren, bis einer der Wagen hinter den wartenden Traktoren mit Buchstaben gefüllt war. Die Buchstabenpreise stiegen aufs Dreifache. Anfangs konnte Mutter im Buchstabenladen, in dem sie einkaufte, anschreiben lassen. Bald gab der Händler keinen Kredit mehr.

Wir standen oft am Rand der Äcker, und wenn die Wagen und Dreschmaschinen weggefahren waren, sammelten wir auf dem Stoppelfeld herabgefallene Buchstaben auf, um sie nach Hause zu tragen. An Wochenenden wanderten wir ins Land hinaus und bettelten bei den Buchstabenbauern um einen Korb mit Vokalen oder Konsonanten.

Nicht selten wurden wir vom Hof gescheucht und kehrten mit leeren Händen zurück. Ich erinnere mich an einen Winter, in dem die Familie fast kein Wort miteinander sprechen konnte. Wir hatten keine Buchstaben mehr, um Wörter zu bilden. Stumm erwachten wir morgens, schweigend saßen wir um den Mittagstisch, wortlos abends im Wohnzimmer. Was hätte man sich zu sagen gehabt, aber es ging nicht! An Weihnachten kratzten die Eltern alle Vorräte zusammen, um wenigstens »Frohes Fest!« zu wünschen. Mutter hatte eine Schwester in Amerika, die dann und wann ein Päckchen schickte, leider mit viel Tiejdsch und Dabbeljuh, aber besser als nichts. Die Antwortbriefe sparten wir uns vom Munde ab. Nie erfuhr jemand, daß mein Vater auf der Post gelegentlich Briefe unterschlug und die Buchstaben mit nach Hause brachte, damit wir das Nötigste besprechen konnten. Wer seine Korrektheit kannte, weiß, was es für ihn bedeutete.

Schlimm war es im Gymnasium. Es gab die Kinder der

Reichen, die immer genug Lettern für Aufsätze und Diktate hatten. Wie aber sollte unsereiner, mochte er noch so begabt sein, jemals im Deutschunterricht vorankommen!? Mir erschien die Orthographie früh als Mittel der Herrschenden zur Erhaltung eines Klassensystems. Fast den ganzen Rilke konnte ich auswendig, aber wenn es ans Niederschreiben ging, war ich verloren; meine Eltern hatten kein Geld für teure Umlaute. »Sein Blick ist vom Vorybergehn der Stebe / so myd geworden, das er nichz mer helt«, schrieb ich – aus Mangel, nicht aus Unkenntnis! Es macht einen krank vor Wut, daß die etablierte Schriftstellerkaste heute gegen die Rechtschreibreform ist: Seit die Kerle sich Buchstaben säckeweise leisten können, versuchen sie, sich den Nachwuchs vom Leibe zu halten.

Ach, einmal aus dem Vollen schöpfen, einmal genug haben von allem! Statt dessen finanziere ich mir mit dem Honorar für einen Text nur die Buchstaben für den nächsten – wie da zu Großem kommen, Romanen von 800 Seiten?! Muß schon wieder aufhören, Vokalmangel, Schlß, st fst nchts mhr vrhndn …

Sieht denn keiner uns're Qual?

Es war einmal eine Zeit, bevor der Mensch auf die Erde kam, da lebten die Zahlen und die Buchstaben froh und in Frieden zusammen, ohne jede Aufgabe. Die Zahlen mußten nichts zählen und die Buchstaben keine Wörter bilden. Sie konnten den lieben langen Tag tun, was sie wollten, und das gefiel ihnen sehr. Sie spielten zusammen und vertrugen sich bestens und unterschieden sich eigentlich gar nicht. Sie wußten nämlich gar nicht, daß sie Zahlen waren und Buchstaben – woher denn auch?

Sie waren einfach so da. Eine 1 war nichts anderes als ein U und eine 2 nichts besseres als ein D, nur daß sie eben ein bißchen anders aussah. Und wenn zum Beispiel ein A und ein X und eine 7 und eine 4 und ein Z und ein F und eine 0 zusammenstanden, dann sah das so aus: AX74ZF0. Aber niemand wäre darauf gekommen, dahinter eine Bedeutung zu vermuten, eine Geheimsprache vielleicht oder einen Buchungscode bei der Lufthansa. Es war, wie es war, und wenn sie genug zusammengestanden hatten, gingen sie wieder auseinander.

Die Zahlen sangen dann fröhlich:

»Eins, zwei, drei, vier.
Keiner rechnet mit mir!«

Und die Buchstaben riefen laut:

»Zett, Ypsilon, X.
Wir bedeuten nix!«

Dann kam der Mensch. Er ordnete die Welt, erfand die Sprache und die Bücher und die Zeitungen, und er sagte den Buchstaben, wie sie sich hinstellen sollten, damit sie ein Wort bildeten und einen Satz und einen ganzen Artikel. Und die Zahlen sortierte er aus und ließ sie erst mal in einer Reihe antreten, 1234567890, und so ließ er sie herummarschieren wie auf dem Kasernenhof, immer einszwei!, einszwei! Dann mußten sie rechnen, den ganzen Tag, in riesigen Kolonnen addieren, subtrahieren, dividieren, multiplizieren, immer schnell, schnell, schnell, und manchmal mußten sie sich sogar die Wurzel ziehen lassen, ohne Betäubung. Es war schrecklich, und das ist es bis heute.

Die Zahlen beneiden die Buchstaben sehr. Dabei haben die es beileibe nicht alle gut: Mancher muß sein Leben in einem häßlichen Wort wie zum Beispiel »Redaktionsschluß« verbringen, andere stehen in langweiligen Feiertagsansprachen herum, und am schlimmsten hat es das U erwischt, das bei Wind und Wetter draußen vor den Stationen der Untergrundbahn Wache halten muß. Aber andere haben ein herrliches, abwechslungsreiches, erfülltes Leben in Rilke-Gedichten oder Romanen von Joseph Roth, und das macht die Zahlen ganz fertig vor Neid. Sie sind in Rechenmaschinen eingesperrt oder lungern mit Milliarden von Schicksalsgenossen auf dem Konto von Bill Gates herum wie verlorene Seelen oder werden gleichgültig von Finanzministern hin- und herbefohlen – ödes, sinnloses Soldatenleben.

Wenn ich meinen Taschenrechner ans Ohr halte, höre ich den murmelnden Gefangenenchor:

»Eins, zwei, drei, vier, fünf, sechs, sieben – ach!«

Oder:

»Minus, plus und durch und mal,
sieht denn keiner uns're Qual?
Marschieren hier durchs Schattenreich,
ist gleich, ist gleich.«

Dann denke ich oft: Ich nehme jetzt einen Schraubenzieher und drehe die kleine Schraube auf, an der Rückseite des Rechners, gleich neben dem Satz »Fabriqué en Formose«, entferne das Rückenteil und hole die Zahlen heraus, befreie sie, wenigstens diese paar Zahlen aus meinem kleinen Sharp-Taschenrechner. Wir würden zusammen in die Welt hinausziehen, denke ich dann, ein kleiner, verschworener Haufen, die Zahlen und ich, und würden alle möglichen Abenteuer bestehen. Wenn ein Fluß zu überqueren wäre, würde die 1 sich wie eine Brücke drüberlegen. Wenn ein Riese uns bedrohte, würde die 3 ihn würgen. Wenn wir abends am Lagerfeuer säßen, würde die 7 uns Märchen erzählen. Und wenn wir Hunger hätten, würde die dicke 6 für uns kochen, Buchstabensuppe vielleicht, und danach würde ich am Busen der 8 einschlafen.
Ja, und dann hätte ich einen klitzekleinen, eigensüchtigen Wunsch und würde sie alle bitten, mit mir zusammen Vanessa zu besuchen, meine Tochter, die so schlecht rechnet und sich quält mit Nachhilfe und Rechentherapie, und meine kleinen Freunde würden nur für sie übers Papier tanzen und die Aufgaben wie von selbst lösen, als Spiel und um Vanessa zu helfen. Und

danach könnten sie mit zum Reiten gehen, in die Ohren des Pferdes krabbeln, oder sie könnten mit meinen Kumpels, den Buchstaben, spielen wie einst im Paradies. Und wir könnten glücklich sein, oh, könnten wir glücklich sein.

QUAUTEPUTZLI
QUAUTE
QUAUTEPUT
Q
U
A
E
P
T
U

Quauteputzli

Wahrscheinlich glaubt es mir niemand, lacht man mich aus, hält man mich für blöd. Ich erzähle die Sache trotzdem: Ab und zu, etwa alle zwei Monate, stehe ich morgens im Bad und denke nur ein einziges Wort, zum Beispiel, sagen wir, das Wort Quauteputzli. Ich weiß nicht, ob das klar ist: Ich habe wirklich nur dieses eine Wort im Kopf. Es verdrängt jeden Gedanken, wie ein Kuckuck seine Stiefgeschwister aus dem Nest schmeißt. Ich betrachte mich müde im Spiegel und denke: Quauteputzli. Ich mache den Wasserhahn an: Quauteputzli. Ich rasiere mich quauteputzli, dusche quauteputzli, trockne mich quauteputzli ab, quauteputzle mir die Zähne.

So ist das.

Ich will es nicht. Ich will nicht Quauteputzli denken. Ich will Gedanken haben über die Nacht und den Tag. Aber ich kann nichts tun. Das Wort beherrscht mich. Durch mein Gehirn fahren Bulldozer, um es wegzuschieben. Ich lasse es von stämmigen Wörtern namens Bulle und Cop in Ketten legen und in einen finsteren Kerker werfen. Ich würge das Wort, bis ihm die Vokale aus dem Leib treten: Qtptzl. Aber es schüttelt sich und steht wieder in voller Größe da.

Quauteputzli.

Es ist das aztekische Wort für Mundwasser, und ich habe es in einer Glosse über die Geschichte der Zahnbürste gelesen. Aber das ist ja noch kein Grund, mich so in Beschlag zu nehmen! Jeden Tag lese ich haufenweise Wörter: Gestern zum Beispiel stand in der Massagepraxis eine Flasche mit Sterilisierwasser, aber auf das Etikett hatte jemand »Stellerisierwasser« geschrieben. Aber ich denke jetzt nicht Stellerisierwasser. Ich denke – genau!

Irgendwo habe ich einmal gehört, jeder Mensch trage in sich noch Originalzellen von Vorfahren, die seit vielen Jahrhunderten tot sind, selbst von Adam oder Eva. Vielleicht hatte ich einen aztekischen Vorfahren, den Erfinder des Mundwassers möglicherweise, und ausgerechnet die Gehirnzelle, in der er die Bezeichnung für seine Erfindung gespeichert hatte, ist auf mich überkommen, geriet in der Nacht außer Kontrolle wie eine Krebszelle, terrorisiert nun mein Gehirn. Oder ist es vielleicht eine Art Computervirus? Soll es ja geben, daß Leute morgens ihren PC anschalten und Texte aufrufen, die sie am Tag zuvor eingegeben haben – das Virus aber hat in der Nacht alles aufgegessen. Und überall steht nur noch: Quauteputzliquauteputzliquaute ...

Vielleicht bin ich auch krank und müßte mich behandeln lassen, bevor sich schlimmere Wörter meines Kopfes bemächtigen und ich etwas sehr Böses tue, an das ich mich hinterher beim Gerichtspsychiater nicht erinnern kann. Oder ich sollte, im Gegenteil, die Sache ganz gelassen sehen: Junge, kommt vor, hat jeder mal. Wird sich halt austoben, das Wort in deinem Kopf. Wenn es müde ist und sich nicht mehr wehren kann, spuckst du's in die Kloschüssel.

Na ja, wie gesagt, es geht auch wirklich immer vorbei, tritt nur alle zwei Monate auf, und es gibt Schlimmeres. Aber unangenehm ist es schon.

Mit Mumps in Venedig

In den Ferien fahren wir immer nach Italien, unter anderem, weil ich gerne Italienisch lernen möchte. Sprachen lernt man nicht in Sprachkursen, man lernt sie im täglichen Gebrauch. Ich mache auch gute Fortschritte, zum Beispiel kann ich schon sehr schnell »Tre pezzi de la pizza con prosciutto, prego« sagen, wenn ich gut in Form bin. Wenn ich nicht so gut in Form bin, sage ich: »Te prezzi de lasciutta con priprezzo, pego.« Oder so. Oder: »Drei Stück Schinkenpizza, bitte.« Versteht auch jeder.

Neuerdings bin ich sehr gut im Benennen von Kinderkrankheiten. Mumps heißt zum Beispiel *parotite.*

Parotite, parotite, pa-ro-ti-te.

Woher ich das weiß? Ich war gerade in Venedig. Mit Willi. Und Vanessa. Und mit Mumps.

»Venedig«, hatte mein Freund Paul gesagt, »warum fährst du nicht mal nach Venedig mit den beiden? Das Wasser überall, die Gondeln, die Sonnenuntergänge, der Lido, das wird sie begeistern.« Er sei selbst gerade mit seinen Söhnen dort gewesen – toll!

»Kinder!« habe ich da gerufen, »wir fahren nach Venedig in den Ferien.«

»Oh, cool«, hat Willi gesagt, »ist das die Stadt, wo die Freizeitstatue steht?«

»Es heißt Freiheitsstatue, Willi, und die steht in New York, und New York ist in Amerika. Venedig liegt in Italien, und es hat Kanäle statt Straßen und Schiffe anstelle von Omnibussen, und dann gibt es noch Gon-

deln, aber die sind so teuer, daß wir höchstens einmal damit fahren können.«

»Liegt Venedig am Meer?« hat Vanessa gefragt.

»Ja, da liegt es. Genaugenommen liegt es sogar im Meer, weil es nämlich auf mehrere Inseln verteilt ist, und wenn die Meeresspiegel eines Tages ansteigen, dann wird Venedig untergehen, und deshalb schauen wir es uns jetzt noch mal an«, sagte ich.

»Und wenn es untergeht, wenn wir gerade da sind?« fragte Vanessa. »Was machen wir dann?«

»So schnell geht das nun auch wieder nicht«, sagte ich. Also fuhren wir nach Venedig, mit dem Zug, und abends gingen wir noch über den Markusplatz und dann ins Hotel, und ich sagte: »Morgen besichtigen wir erstmal den Dogenpalast.«

»Was für einen Dosenpalast?« fragte Willi. Dann sagte er noch: »Meine Backe tut so weh.«
Am nächsten Morgen tat sie immer noch weh, und Fieber hatte der Junge auch. Ich rief radebrechend nach einem Kinderarzt. »Parotite« sagte der, verordnete Bettruhe und nahm dafür 70000 Lire. Billiger als eine Gondelfahrt, dachte ich. Man muß das Positive sehen, sieh immer das Positive im Leben. Sieh es!! Das verdammte Scheißpositive!!!
Was soll ich sagen, wir blieben eine Woche im Hotelzimmer. Vanessa und ich hatten *parotite* ja schon früher gehabt, also holten wir ab und zu Schinkenpizza, verabreichten sie dem Willi löffelweise, weil er kaum kauen konnte, spielten »Mensch, ärgere dich nicht« mit ihm und lasen im Reiseführer, und manchmal weinten wir auch vor Wut. Als das Fieber aufhörte und die Schwellung nachließ und die Ferien zu Ende waren, fuhren wir heim, Willi, Vanessa und ich. Mumps ließen wir da.
Warum wir nicht vorher gefahren sind? Hören Sie, wenn ein Arzt »Bettruhe« sagt, dann verreise ich nicht. »Bettruhe« heißt »Bettruhe«, es ist Gesetz für mich.
Eigentlich schade, daß man Mumps nur einmal bekommen kann, jetzt, da ich weiß, wie es auf Italienisch heißt.
Natürlich habe ich den Kindern versprochen, daß wir bald wiederkommen und dann die Stadt anschauen. Wenn sie nicht untergegangen ist bis dahin, und auch sonst nichts dazwischenkommt.
Masern heißen übrigens *morbillo* und Windpocken *varicella.*
Hab' ich schon mal nachgeguckt.

Ich, Göttervater

Es gibt ja Leute, die ihre Kinder vergöttern, unentwegt von ihnen erzählen: von ihren exorbitanten schulischen Leistungen, von ihrer umwerfenden Nettigkeit, von der Härte ihres Tennisaufschlages, von der Tiefe ihres Vordringens in die Weltcomputernetzwerke...

Solche Leute sind quasi der Normalfall. Ich indes gehöre nicht zu ihnen. Ich bin einer von denen, die über ihre Kinder einige interessante, außergewöhnliche Tatsachen zu berichten haben.

Bitte, ich möchte über Luis sprechen, meinen jüngsten Sohn. Mit ihm fahren wir jedes Jahr im Sommer nach Italien, in ein kleines Dorf unweit des Meeres, wo wir in einem alten Festungsturm leben, mitten im Ort. Wenn wir uns morgens oder mittags oder abends auf den Weg zur Piazza machen, müssen wir an zahlreichen Geschäften vorbei, winzigen Läden für Bademoden, Lederwaren, Modeschmuck, deren Besitzerinnen in der Regel gelangweilt auf der Straße stehen, weil es ihnen fast immer an Kundschaft fehlt.

So. Und nun kommt der Moment, in dem wir die Straße betreten, genauer gesagt: in dem Luis die Straße betritt. Im Bruchteil einer Sekunde wenden sich die Köpfe der Ladenbesitzerinnen... nein, werden ihre Blicke in unsere Richtung geradezu gerissen. Mit aufgerissenen Augen starren sie Luis an. Sie laufen auf ihn zu, fassen ihn an, rufen:

»Ja, mein Räuberchen, da bist du ja! Ja, du Süßer,

Prinzlein, mein Schöner! Spielst du mit mir? Liebst du mich? Bleibst du bei mir?«

Dies geschieht nicht nur einmal, zu Beginn der Ferien zum Beispiel, wenn wir noch neu sind. Es geschieht wochenlang, jeden Tag dreimal, immer wenn wir aus unserem Turm herauskommen. Luis nimmt die Entzückensschreie, die Huldigungen, die Geschenke mit der Nonchalance dessen entgegen, der weiß, warum dies geschieht und warum es geschehen muß.

Und warum muß es geschehen? Weil er süß ist? Weil er blond ist und immer blonder wird, je länger der Urlaub dauert und die Sonne und das Meer sein Haar aufhellen? Oder weil ...

Ich weiß es nicht und Paola auch nicht. Aber wir haben eine Ahnung. Wir fuhren vor ein paar Tagen zum Spazierengehen an einen kleinen See, standen am Ufer, blickten über die glatte Wasserfläche, sahen einem Schwarm Enten nach, der über das Schilf strich, als uns einfiel, daß wir über der Szenerie ganz den Luis vergessen hatten. Wir blickten uns um, sahen ihn zwanzig Meter hinter uns, vertieft in eine seltsame Handlung: Er ging immer im Kreis, hob dann und wann einen Stein auf, murmelte Zahlen, »eins, zwei, drei, fünf, eins, zwei, drei, fünf«, legte die Steine an einer anderen Stelle wieder zu Boden, ignorierte unsere Rufe, murmelte wieder, ging weiter im Kreis, nahm ein Zweiglein auf, zerbrach es, legte die Teile sorgfältig zwischen die Steine, ignorierte weiter unser Rufen, murmelte, ging, hob auf, legte nieder, ignorierte, zerbrach, murmelte ...

»Was tut er?« fragte ich.

»Sieht aus wie eine kultische Handlung«, sagte Paola.

»Er markiert den Landeplatz eines außerirdischen

Raumschiffes«, sagte ich und lachte und lachte. Dann lachte ich plötzlich nicht mehr.

Es war ein Sirren in der Luft. Es gab einen grellen Blitz – und an der Stelle, die Luis markiert hatte, landete ein kleines hellgraues Raumschiff, dem fünf Marsmännchen entstiegen, die allerdings nicht wie Marsmännchen aussahen, sondern wie winzige italienische Ladenbesitzerinnen. Sie rannten auf Luis zu und riefen:

»Ja, du Räuberchen, da bist du ja! Ja, du Süßer, Prinzlein, mein Schöner! Spielst du mit mir? Liebst du mich? Bleibst du bei mir?« Dann fielen sie auf die Knie und murmelten Gebete.

Luis nahm die Huldigungen mit großer Selbstverständlichkeit entgegen. Als er eine winzige Handbewegung machte, huschten die Marsmännchen wieder in ihr Raumfahrzeug und sirrten ab.

Merkwürdigerweise schien niemand der sonstigen Spaziergänger den Vorfall bemerkt zu haben. Es hat wohl auch keinen Sinn, wenn ich weiter davon spreche. Ich verstehe es selbst alles nicht. Aber ich wollte einmal gesagt haben: Ich gehöre zu denen, deren Kinder möglicherweise tatsächlich Götter sind.

Verspannt in alle Ewigkeit

Damen und Herren, nehmen Sie die Parade der Alltagsversehrten unter meinen Freunden ab! Hier haben wir meinen alten Wegbegleiter Paul: Stören Sie sich nicht an dem kleinen Brummen, das aus seiner Kleidung dringt – es ist sein Blutdruckmeßgerät, er muß es für 24 Stunden tragen. Der da kopfüber von der Decke hängt wie eine Fledermaus, ist Dieter. Er läßt seine Rückenprobleme behandeln, die ihn oft schräg durch die Welt gehen lassen wie ein sturmgepeitschtes Ausrufezeichen. Der Herr mit dem verbeulten Gesicht? Mein Steuerberater. Er wurde von unerklärlichen Schwellungen am Schädel befallen, sein Kopffleisch sah aus wie von enormen Mücken bearbeitet – es müsse mit dem plötzlichen Streßabfall am ersten Tag eines Kurzurlaubs zu tun haben, sagt er. Der Mann mit dem roten Gesicht: Peter, an einer Allergie gegen den eigenen Schweiß leidend. Man befürchtet, die Sache könne sich zu einer Gesamtunverträglichkeit mit sich selbst entwickeln.

Nun zu mir. Seit Jahren kämpfe ich gegen die mangelnde Elastizität meines Körpers, gegen Sehnenverkürzungen, Muskelhärte, Nackenverspannungen, kurz, gegen eine brettartige Physis, mit der ich als Versteifungselement im Gerüstbau oder als Treppenstufe Verwendung fände, hätte ich nicht noch andere Talente.

Was habe ich nicht alles zu meiner Erweichung getan! Ich besuchte einen Masseur, der mich nach Art entfesselter Karateka zu einem Puzzle zerhackte, das mein Sohn Luis wieder zusammensetzen durfte. Ich ging zu

einer Gymnastin, welche mich im 90-Grad-Winkel sitzen ließ, die Beine gestreckt, die Knie mit Sandsäcken beschwert, der Oberkörper aufwärts gerichtet, ein perfekter, schmerzgequälter rechter Winkel. Noch heute findet mein Photo in diesem Zustand im Geometrieunterricht einiger Schulen Verwendung. Auch suchte ich eine in tantrischer Massage geschulte Dame auf, welche auf meinem Bauch Sensoren eines Abhörgerätes befestigte. Dessen Kabel führten zu einem Kopfhörer, den sie sich aufsetzte. So übersetzte sie mein Leibesgegrummel in Handbewegungen, wurde zur Dienerin meines Gedärms, bis das Haus unter der Gewalt meines Gelächters einstürzte. Ihre letzten Worte: »Sie hätten sagen müssen, daß Sie kitzlig sind.«
Solche Geschichten erzählen wir, wenn wir von den Schlachten des Alltags berichten wie die Väter vom Krieg: Pauls legendärer Blinddarmdurchbruch nahe Uelzen, Arthurs Nierensteinabgang im ICE nach Stuttgart, Gerds Herzinfarkt in London, der kein Herzinfarkt war, sondern eine Magenkolik – er ist unser Jüngster und kann noch nicht unterscheiden zwischen den Schmerzen.
Ich bin seit kurzem nicht mehr anwesend bei diesen Gesprächen, seit nämlich Paola mich zu meiner definitiven Elastifizierung bei einer Ayurveda-Massage anmeldete. Ich betrat nichts ahnend eine Praxis am Stadtrand. Zwei Damen erwarteten mich. Ich solle mich entkleiden, sagten sie. Ich entkleidete mich bis auf die Shorts.
»Ganz nackt!« sagten die Damen.
Ich schluckte, legte mich rücklings nackt auf eine Bank, wurde mit warmem Öl begossen und massiert: Eine

Dame übernahm das linke, die andere das rechte Bein, danach die eine den Bauch links, die andere den Bauch rechts undsoweiterundsoweiter, beide im Takt sanft meinen verholzten Körper bearbeitend, während ich von einer so gewaltigen Erektionsangst befallen wurde, daß ich nur dachte: Kontrolliere dich selbst, kontrolliere dich! Nur nicht...! Nur nicht...! Ich versank in meditativer Konzentration auf mein Geschlecht.

Und? Ich war erfolgreich, indes zum Preis einer Gesamtversteifung meiner selbst, die so erheblich war, daß die beiden Damen mich am Ende der Behandlung wie die Statue eines Ölgötzen in eine Art Minisitzsauna trugen, deren Plastikumhüllung mit einem Reißverschluß derart geschlossen wurde, daß nur mein Kopf herausschaute. Dieser Verschluß kann von innen nicht geöffnet werden. Die Damen verließen den Raum und ließen mich im Schwitzkasten, stundenlang, tagelang. Ich befinde mich noch dort. Man will mich nun weichkochen. Ich werde biegsam sein wie eine verkochte Nudel, nachgiebig und weich, ja, in ein paar Tagen, Wochen, Monaten, Jahren, endgültig entspannt, irgendwann, bitte.

Was ich in meinem Badezimmerspiegel sehe

Dann und wann morgens, wenn mir langweilig wird über dem Waschbecken, wenn ich angeödet bin von den immergleichen hygienischen Verrichtungen, dann und wann also stelle ich mir vor, daß mein Badezimmerspiegel kein Badezimmerspiegel ist, sondern ein Fenster in eine andere Welt. Dort lebt ein mir verblüffend ähnlicher Mann mit braunen Augen und fortgeschrittener Parodontose, welcher im Besitz mehrerer dunkelgrünblaukarierter Pyjamas ist. Seine Aufgabe ist, im Fenster zu stehen, wenn ich davor erscheine, und mich nachzuäffen. Mehr hat er nicht zu tun im Leben.

Ich weiß nicht, ob ich ihn gut finde. Er macht sich so abhängig von mir, im Grunde eine lächerliche Existenz. Wenn ich mich beim Rasieren schneide, muß er auch bluten, und leide ich unter Kopfweh, schaut er mich gepeinigt an, obwohl er vielleicht bester Laune ist. Immer ist er up to date, was die Farbe meiner Boxershorts angeht. Theoretisch könnte er mal was anderes tragen als ich, wer weiß, ob ich es merken würde. Das tut er nie, kauft immer so ein wie ich.

Erst einmal hat er einen Fehler gemacht. Nachts, heimlich und im Dunkeln, hatte ich, um ihn zu täuschen, meine gelbe durch eine rote Zahnbürste ersetzt. Was soll ich sagen? Er ließ sich nichts anmerken, schrubbte sich morgens tatsächlich mit Todesverachtung und einer gelben Bürste die Zähne, während ich die rote benutzte. Hastig weckte ich Paola, zerrte sie ins Bad, um ihr das Phänomen vorzuführen. Aber er hatte sich im

kurzen Moment meiner Abwesenheit eine rote Bürste besorgt – wer weiß, woher? Es ist, ich sagte es, eine andere, geheimnisvollere Welt hinter dem Fenster. Paola ging wieder schlafen und rief vorher, ich solle sie nicht wieder holen, egal was geschehe.
»Arschloch!« habe ich da leise zu ihm gesagt. Er hat bloß den Mund bewegt wie immer, und weil ich nicht von den Lippen lesen kann, verstand ich nichts. Doch als ich später mit einem riesigen Fleischmesser im Bad auftauchte und es mir an die Pulsadern setzte, da ist er blaß geworden, ha! Weiter bin ich nicht gegangen, aber ich wüßte schon gerne, was er täte, wenn ich's täte.
Ich will nicht sagen, daß er mir unsympathisch ist: Dazu ist er mir zu ähnlich. Wahrscheinlich neide ich ihm seine Lebensweise. Wie ich vermute, gibt er sich, sobald ich Bad und Wohnung verlassen habe, abseits des Fensters Ausschweifungen sonder Zahl hin – während ich die Mühlräder des Alltags bediene. Gelegentlich, zumal in letzter Zeit, sieht er morgens müde aus. Wenn ich ihm nahe komme, finde ich weiße Fäden an seinen Schläfen, zu früh für sein Alter. Ob er zuwenig schläft? Zuviel trinkt? Zu viele aufreibende Frauengeschichten hat? Er könnte sich zusammennehmen, ich tu's doch auch, bin frisch wie einst! Am liebsten würde ich diese Scheibe einschlagen, ihn herausholen. Hier ist genug zu tun für zwei von uns, Mensch!
Das mach' ich nicht. Aber es gibt Tage, an denen genieße ich eine süße Rache, betrete, sobald ich in der Firma bin, die Bürotoilette, schaue in das Fenster über dem Waschbecken dort. Und laß ihn antanzen.

Wie darf ich es dir machen?

Bis gestern wußte ich sehr wenig über meine Kopfhaut, ihren Charakter, ihre Bedürfnisse. Heute morgen aber massiere ich sie mit dem Öl der Florida-Palme und den Extrakten der Siegesbeckia-Pflanze, welche auf Madagaskar wächst. Ich habe eine sensible Kopfhaut, hat Pierre gesagt, und Pierre muß es wissen, denn er ist mein Friseur.

Als ich ein kleiner Junge war, hieß mein Friseur Herr Molnar und hatte einen blauen Kittel an. Herr Molnar handelte auf Anweisung meines Vaters. Wenn ich auf dem Frisierstuhl Platz genommen hatte, sagte mein Vater zu Herrn Molnar: »Ordentlich was runter! Wie immer!« Der Friseur wickelte meinen Hals in kratzendes Schutzpapier, holte Kamm und Schere aus der Kitteltasche, kämmte mein Haar gerade nach vorne und schnitt es über der Stirn in einer Linie ab. Dann mähte er meine Schläfen mit seiner Remington, bis die Haare dort so kurz waren wie das Sommerfell einer Maus. Den ganzen Tag juckte mein Hals von den Stoppeln, die in den Hemdkragen gerutscht waren.

Einmal, als ich dreizehn war, ging ich allein zu Herrn Molnar, weil mein Vater keine Zeit hatte. Da bat ich, mir einen Scheitel zu machen, ein klitzekleines Scheitelchen. Nicht alle Haare nach vorne bürsten, sondern links einen Scheitel ziehen, die Haare länger lassen oben und nach rechts kämmen. Bitte!

»Nee, nee«, sagte Molnar, »wir machen's wie immer. Sonst kriege ich Ärger mit deinem Vater.« Dann schor

er mich wieder wie ein Schaf, und ich fühlte mich auch wie eines.
Heute gehe ich in einen Friseurladen mit jungen Mitarbeitern, die Wolfgang, Robert oder eben Pierre heißen und keine Nachnamen haben. Manche rollen auf Inline-Skates, und alle schneiden mein Haar, wie ich es will. »Ich heiße Angie«, hat sich neulich eine junge Dame vorgestellt und gefragt: »Wie darf ich es dir machen?«
»Schneiden Sie mir erst mal die Haare«, habe ich gesagt und komplizierte Anweisungen gegeben, obwohl ich eine relativ simple Frisur habe. Ich liebe es, wenn die Friseure dann bei ihrer Arbeit mit mir über die Struktur meiner Haare sprechen, wenn sie mich zum Beispiel fragen, ob ich viel Streß hätte zur Zeit – mein Haar sei so dünn. Wenn sie Fragen der Glatzenbildung mit mir erörtern. Wenn sie über Shampoos sprechen, gewonnen aus Kleie, Vollmilch und Stroh, aus Algen und Korallen, aus Lindenblüten und Passionsblumen oder aus den ätherischen Ölen des Teebaums.
Herr Molnar hatte bloß ein einziges Haarwasser, und wenn ich seinen Salon verließ, roch ich wie diese Luftverbesserer, die sich manche Leute ins Klo hängen.
Ich müsse die Lotion nach dem Haarewaschen einmassieren, hat Pierre gesagt, zwei-, dreimal die Woche. Das werde die Talgdrüsen entschlacken und die Haarwurzeln stärken. Ich spür's schon. Meine sehr sensible Kopfhaut schwebt über dem Schädel, so leicht ist sie, und ich schreite einher, mit entspanntem Skalp und froh, ein erwachsener Mann zu sein.

Das Fräulein V.

Ich war einmal ein kleiner, kopfschmerzkranker Junge, würgte morgens, vor der Schule, mein Frühstück hinunter, marschierte, den Tornister fest auf den Rücken geschnallt, das Einmaleins memorierend, zum Unterricht, an einem langen Zaun entlang, auf dessen anderer Seite ein Dackel mich kläffend begleitete. Der Fußweg bestand aus viereckigen Pflastersteinen, und ich durfte die Spalten zwischen ihnen nicht berühren, sonst würde ich sterben oder das Einmaleins für immer vergessen, oder der Dackel würde ein Loch im Zaun finden. So war das.

Meine Lehrerin war das Fräulein V., und die Lehrerin meines Bruders war das Fräulein G., und deshalb dachte ich, alle Lehrerinnen auf der ganzen Welt seien Fräuleins, obwohl ich gar nicht wußte, was ein Fräulein eigentlich genau ist, so wie heute die Kinder auch nicht wissen, was ein Fräulein ist – das liegt aber daran, daß die Fräuleins vor längerer Zeit abgeschafft worden sind. Damals gab es sie noch, auf dem Fernsprechamt und im Kaffeehaus und in der Schule eben, massenweise Fräuleins jeden Alters.

Einmal mußte mein Bruder in der Schule kotzen, mitten im Unterricht, und das Fräulein V. schickte mich zum Fräulein G., damit ich ihn nach Hause brächte. Auf dem Boden des Klassenzimmers, am Platz meines Bruders, war eine Art grüner Schaum zu sehen, und ich dachte, mein Bruder wäre sterbenskrank, grünen Schaum kotzend. Aber als wir zu Hause ankamen, ging es ihm schon wieder gut, und ich begriff erst, als ich schon Abitur hatte, daß der grüne Schaum ein Putzmittel gewesen war, mit dem man den Boden bereits wieder gereinigt hatte.

Wir waren 38 Kinder in der Klasse. Das Fräulein V. war groß und schwer. Sie kämmte ihre Haare scharf zurück, und wenn wir Turnen hatten, quetschte sie ihren voluminösen Leib in einen engen blauen Trainingsanzug und blies auf einer Trillerpfeife. Sie gab uns die Gesetze und führte sie selbst entschlossen aus, ein strenges Herrscherfräulein – merken Sie, wie mir das Wort »Fräulein« gefällt? Es macht die Trägerin klein und geschlechtslos, wahrscheinlich ist es das, was ich mag, auf Fräulein V. angewandt jedenfalls, rückblickend. Es ist eine kleine Rache für die Macht, die sie über uns hatte, komisch eigentlich, daß mir heute danach ist. Ich will der brave Junge nicht gewesen sein.

Ich konnte so gut lesen, daß Fräulein V. mich als Drittkläßler mit hinaufnahm in die achte Klasse, der ich vorlesen mußte, und der ich auch vorlas, fehlerfrei. Ich konnte so gut Gedichte aufsagen, daß ich vor der versammelten Elternschar in der Turnhalle ein Gedicht aufsagen

sollte. Bereits in der dritten Zeile hatte ich ein Wort vergessen, und Fräulein V. flüsterte es mir aus der ersten Reihe zu. Den Rest wußte ich fehlerlos. Wenn das Einmaleins durchgenommen wurde, mußten wir alle aufstehen. Eine Aufgabe wurde gestellt, und wer die Lösung als erster wußte, durfte sich setzen. Ich saß oft als erster, ein kleiner, kopfschmerzkranker Schnellrechner. Merken Sie, wie ich Ihr Mitleid erregen will? Es kotzt mich an.

Was aus Fräulein V. geworden ist? Ich weiß es nicht. Jemand hat mir gesagt, sie habe mit ihrer Tante zusammengelebt, bis die Tante gestorben sei, und irgendwann sei sie selbst auch gestorben. Jemand anders hat mir gesagt, sie sehe auf den ersten Klassenphotos, die man machte, so frisch und fröhlich aus, auf den letzten dann ein bißchen traurig. Dazwischen liegen ein Lehrerinnenleben und ein Fräuleinleben und ein Frauenleben. Was weiß ich davon? Warum beschäftigt es mich? Weil man seinen ersten Lehrer nicht vergißt.

Vanessa, meine halbwüchsige Tochter, schimpft immer auf ihren Lehrer: daß er nach Schweiß rieche und cholerisch sei und ungerecht. Ich sage ihr dann, daß ich auch viele Lehrer nicht gemocht hätte, später, am Gymnasium, und dann sage ich noch, daß es darauf nicht ankomme. Wichtiger sei, daß man etwas lerne, für sich. Auf Fräulein V. habe ich nie geschimpft, nein, ich war ja noch viel kleiner als Vanessa, und diese erste Lehrerin war einfach da, wie der Himmel und die Erde und meine Eltern. Viel später lernte ich dann, daß es im Leben mehr zu holen gibt als gute Noten und Kopfweh, aber das war nicht in der Schule.

Der erkältetste Mensch der Welt

Hören Sie, ich bin schon wieder erkältet. If fpreffe dufch die Nafe… Chchchch… Pröööôt!… Schneuz, pfft, pfft! Hören Sie's?

Schrecklich, was? Sie könnten mich ein bißchen bedauern! Wozu bin ich erkältet, wenn mich keiner bedauert? Niemand hat, wenn er erkältet ist, entzündetere Nasenwände als ich, niemand fühlt sich angegriffener, niemandes Gesichtshaut wird blasser, und keine Schleimhaut der Welt rötet sich intensiver. Ich bin, wenn ich erkältet bin, der erkältetste Mensch der Welt. Das habe ich vom Vater geerbt. Mein Vater war sehr groß, und wenn er sich erkältet hatte, schlappte durchs Haus ein fiebernder Riese, der aus großen Tassen Kamillentee schlürfte und über metertiefen Schüsseln Inhalationsbäder nahm, um seine Bronchien zu durchfeuchten. Er trug einen grünen Wollschal, dessen Stoffmenge für mehrere Kinderwintermäntel ausgereicht hätte. Manchmal mußte mein Vater niesen. Er nieste so heftig, daß die Türen der Küchenschränke aufsprangen und Geschirr auf den Boden fiel. Wir Kinder mußten die Scherben aufsammeln, unter weiteren Niesern geduckt, immer in Angst, hinweggefegt zu werden wie Laub im Herbststurm.

Mein Vater hatte die Neigung zu unmäßigen Erkältungen vom Großvater geerbt. Mein Großvater war noch größer als mein Vater. Sobald er sich erkältet hatte, mußten einige Eimer mit heißem Bronchialtee bereitstehen. Meine Großmutter hatte alle halbe Stunde auf den Küchentisch zu steigen, um dem Großvater den

Inhalt eines solchen Eimers in den Schlund zu gießen, wo die Flüssigkeit unter Zischen und Gurgeln verschwand. Ansonsten lag der Großvater im Wohnzimmer auf einer Chaiselongue, unter einer Wolldecke, welche ausgereicht hätte, schon damals den Reichstag zu verhüllen. Ab und an mußte auch er niesen. Dann fiel Stuck von der Decke, und eine Mauer, die das Wohnzimmer von der Diele trennte, stürzte ein. Die Kinder, es waren ihrer sieben, mußten rasch die Steine wieder übereinanderstellen, damit ihr Vater keinen Zug bekam.

Es ist klar, daß mein Großvater diesen Hang zu biblischen Erkältungen seinerseits vom Vater ererbt hatte, meinem Urgroßvater. Dieses Urgroßvaters Nase war groß wie eine Restmülltonne, und sein Schneuztuch hätte einem Ehepaar als Laken dienen können. Der erkältete Gigant ließ sich aus einem Faß mit Hilfe eines Schlauches und einer Pumpe Kräutertee applizieren, während er in einem ächzenden Holzbett lag. Wenn sich der Körper in einer Welle von Verkrampfungen auf das Niesen vorbereitete, wurde in der Stadt Explosionsalarm gegeben. Männer eilten herbei, um meinen Urgroßvater aus dem Haus zu tragen. Er nieste in Richtung des benachbarten freien Feldes, damit niemand zu Schaden kam. Aber einmal, während der Erntezeit, erwischte es einen Bauern, dessen Leib von der Schallwelle davongetragen wurde und sich um einen kilometerweit entfernten Eichenstamm wickelte, als wäre er ein feuchter Umschlag.

Erwähnenswert erscheint mir noch, daß einer meiner Vorfahren mit dem Untergang von Pompeji in Verbindung gebracht wird, ein anderer mit dem Verschwinden des sagenhaften Atlantis, jener also möglicherweise vom Antlitz des Erdballs geniesten, ins Weltall hinausgehusteten Stadt.

Es war mir wichtig, die Dinge einmal in diesen Zusammenhängen darzustellen. Es gibt Personen, die mich für wehleidig halten, wenn ich erkältet bin, für einen hypochondrisch Leidenden und die Begleiterscheinungen seiner Infekte schamlos übertreibenden Jammerlappen. Ich habe diesen Leuten immer gesagt, daß es anders ist: Ich bin mit einer Art Erbkatarrh geschlagen, einer schweren Genverkühlung. Und ich habe Diffamierungen wie die erwähnten nicht verdient.

Paß auf, Arschbacke!

Abends, wenn es dunkel ist, parke ich den Wagen in einer Tiefgarage vorne an der Straßenecke, hundert Meter von unserer Wohnung, in einem düsteren Riesenparkhaus, das Paola nie betritt, weil sie verständlicherweise Angst hat. Und ich? Angst? Daß ich nicht lache! Was für eine Frage!

Natürlich habe ich Angst in so einer Garagenhöhle, eine Scheißa-a-a-ngst habe ich! Aber irgendwo muß die Karre ja hin, Parkplätze sind im Viertel selten wie gute Filme im Fernsehen, und ich bin der Mann in der Familie, leider.

Paul, mein alter Freund, der jede Woche zweimal zum Pferderennen geht, Paul also sagt, seine Freunde von der Rennbahn würden sagen, daß man in einer bedrohlichen Situation dem Gegenüber immer sofort, noch bevor der etwas gesagt hat, mit einem Hieb das Nasenbein brechen soll, rein vorsorglich gewissermaßen. Hmmmm. Und wenn der andere nur nach dem Weg fragen wollte? Das, sagt Paul, komme bei den Rennbahnfreunden nicht häufig vor, daß jemand allein in einer Tiefgarage sich bloß nach dem Weg erkundige.

Ich könnte das nicht. Vermutlich gibt es, wenn ein Nasenbein bricht, ein unangenehm knackendes Geräusch, und dann das ganze Blut, und vielleicht tut man sich selbst weh. Und was ist, wenn der andere zurückschlägt? Ich habe in meinem Leben rund hundertmal jemanden verprügelt, davon 99mal meinen jüngeren Bruder und einmal, da war ich elf, einen Nachbarsjungen, den wir »Fleischwurm« nannten, weil er so madenweiß und schwabbelweich war. Er wehrte sich nicht, während ich seinen Molluskenkörper bearbeitete. Das ist keine heldenhafte Bilanz für einen Mann Anfang vierzig, zumal ich alle hundert Fälle mit Schuldgefühlen büßte.

Offen gestanden wäre ich froh, wenn ich den einen oder anderen Schneidezahn eines Größeren auf dem Gewissen hätte. Noch offener gestanden überkommt mich bisweilen in gewissen Konferenzen, auch im Straßenverkehr oder angesichts einer Skinheadfresse eine schwer bezähmbare Sehnsucht nach einem schönen Schwinger, einem von Herzen kommenden Hieb und einer nasenbeinspaltenden Geraden. Am offensten gestanden: Je mehr ich drüber rede, desto größer wird meine Lust, mal den Chinesen-Fiete zu machen!

Richard, der cholerischste unter meinen Freunden, wurde von einem Lastwagenfahrer angepöbelt, als wir in seinem Auto saßen. Er fuhr sofort aus der Haut, ließ sie wie einen alten Pullover auf dem Fahrersitz zurück und hing urplötzlich wie ein Monster-Pitbull mit allen vieren an der Tür des Lasters, so laut brüllend, daß der Fahrer den Türknopf drückte, das Fenster hochkurbelte und schwieg. Darauf kehrte Richard entspannt ins Auto zurück und fuhr wieder in seine Haut hinein.

Bei mir aber … diese Harmoniesucht! Dieses Nettsein! Man trottet durchs Leben wie ein schlapper Löwe, bah. Neulich im Restaurant (einem sehr teuren Restaurant, nebenbei gesagt) brachte der Kellner Paola nicht die Seezunge, die sie bestellt hatte, sondern pochierten Lachs. Als sie sich beschwerte, machte der Mann, statt das Essen zurückzutragen, Einwendungen.

Paola, höflich: »Bitte bringen Sie sofort dieses Essen weg!«
Kellner: »Aber …, aber …, aber …«
Paola: »Holen Sie bitte den Geschäftsführer!«
Und wer war wieder verlegen? Wer hat überlegt, ob sie nicht doch Lachs bestellt hatte? Wer dachte: »Irgendwie auch schade um das schöne Essen?« Wer saß starr auf seinem Stuhl, statt mal unter dem eigenen Niveau zu zischen: »Paß auf, Arschbacke, entweder du servierst das hier ab, oder ich servier dich ab! Ist das klar? Ob das klar ist!?«
Na, wer wird's gewesen sein!? Wenn's mein Tellerchen gewesen wäre, hätte ich's wahrscheinlich wortlos leer gegessen.
Hören Sie, kann sein, daß ich mein Leben ändere. Kann sein, daß man sich mit mir nicht mehr anlegen sollte. Kann sein, daß ich plötzlich Freude an einem schönen Fausthieb empfinde, erläuterungslos in die Magengrube, hupp. Kann alles sein. Passen Sie also auf! Legen Sie schon mal die Ohren an! Sehen Sie sich vor, wenn Sie mich ansprechen! Sprechen Sie mich am besten nicht an! Fragen Sie noch nicht mal nach dem Weg!
Vor allem nicht in der Tiefgarage!

Dulljiöh!

Als wir noch keinen Sohn hatten, saßen Paola und ich oft gemeinsam am Frühstückstisch, und sie sagte:

»Marlene Dietrich hat gesagt: ›Wenn Sie heiraten, achten Sie darauf, daß der Mann schöne Hände hat.‹«

Ich brummte: »Warum?«

Sie sagte: »Weil es das einzige ist, was Sie morgens von ihm sehen, wenn er die Zeitung liest.«

Dann ließ ich die Zeitung sinken, und wir sprachen über die Leute, die wir am Abend zuvor getroffen hatten, oder über das Buch, das ich gerade las, oder über den Film, den sie gerade gesehen hatte.

Zwei Jahre später kam Luis zur Welt, und wiederum zwei Jahre darauf bekam Luis einen Kinderkassettenrecorder zu Weihnachten geschenkt. In dem Kinderkassettenrecorder steckte eine Kinderkassette, und auf der Kinderkassette waren Kinderkassettenlieder, und wenn Luis die grüne Kinderkassettenrecordertaste drückte, dann hörte man diese Kinderkassettenlieder.

Er drückte sie sehr oft.

Es gibt ein Kinderkassettenlied, das handelt von einem Mann, der morgens zum Markt geht und ein Hähnchen kauft. Der Refrain geht so:

> »Und das Hähnchen macht Kikeriki,
> jeden Morgen schon ganz früh.«

Dann kauft der Mann noch einen Wecker, und der Wecker macht (im Refrain) Drrrrndrrrrn, jeden Morgen schon ganz früh, und er kauft einen Kuckuck, der macht Kuckuck, jeden Morgen schon ganz früh, und ein Glöckchen, das macht Dingdong, jeden Morgen schon ganz früh, und ein Schäfchen, das macht Mähmäh, jeden Morgen schon ganz früh, und ein Radio, das macht Blabladulljiöhdulljiöh. Jeden Morgen schon ganz früh? Jawoll, meine Herrn! Solche Lieder hörte der Luis. Paola und ich hörten sie auch.

Und eines Morgens, schon ganz früh, war der Kinderkassettenrecorder weg.

»Hast du den Kinderkassettenrecorder gesehen?« fragte Paola.

»Nein«, sagte ich.

Das war die reine Wahrheit. Er war wirklich weg, obwohl ich zugebe, daß ich ihn sonst beiseite geschafft hätte, weil ich um meine Gesundheit fürchtete.

Luis weinte so sehr, daß er zum Geburtstag einen neuen Kinderkassettenrecorder geschenkt bekam und eine neue Kinderkassette mit den gleichen Kinderkassettenliedern. So nahm das Leben wieder seinen gewohnten Lauf. Manchmal zerrte der Junge die Kassette aus dem Recorder, wickelte das ganze Band ab, kam damit zu mir und sagte:

»Paparieren!«

Ich sagte: »Is paputt, pann Papa nich' paparieren«

Dann weinte Luis, und ich reparierte die Kassette doch. Manchmal war auch die Batterie alle, die Refrains kamen dann sehr gedehnt und langsam. Luis trat vor mich hin und sagte:

»Paparie!«

Ich sagte: »Papa hat peine Paparie.«

Dann weinte Luis wieder, und ich tat schnell eine frische Batterie in den Apparat. Ein-, zweimal versuchten wir, ihm eine andere Kinderkassette mit anderen Refrains schmackhaft zu machen. Die wollte er nie. Er hörte immer nur diese eine, es gab für ihn kein Lebensglück ohne sie. Und für uns, Paola und mich? Wir ahnten nicht, was noch kommen würde.

Eines Tages räumte Paola das Wohnzimmer auf, und Luis spielte so herum, hörte seine Kassette und entdeckte hinter dem Kachelofen den alten Recorder, den ersten, mit der ersten Kassette natürlich. Wer weiß, wie der da hingekommen war!? Luis stellte ihn an und hörte die Musik nun von zwei Bändern, wie fortan jeden Tag.

Die Lage hat sich zugespitzt. Das nunmehr verdoppelte Kinderkassettenlied hat begonnen, alle anderen Geräusche um uns herum zu verdrängen. Die ganze Wohnung scheint den Refrain in sich aufgenommen zu haben, um ihn ununterbrochen wiederzugeben. Wenn einer den Staubsauger anmacht, macht der Mähmäh. Schaltet man die Kaffeemaschine ein, hört man Dingdong. Mein alter Freund, der Kühlschrank, spricht nicht mehr, macht bloß Kuckuck. Selbst aus dem Mauerwerk des Hauses tönt gelegentlich ein leises Kikeriki. Und der Wecker? Macht Drrrrndrrrrn? Nein, wir haben keinen Wecker. Wir haben ja einen Sohn mit Kinderkassettenrecorder.

Was soll ich sagen? Es ist ein anderes Leben geworden, einfacher vor allem, reduzierter in der Kommunikation. Heute morgen sah Paola mich an und fragte:

»Blabla?«

Und ich ließ die Zeitung sinken und antwortete:

»Dulljiöh! Dulljiöh!«

Na denn

Kürzlich las ich in einer Zeitschrift die Geschichte einer Frau, die sich scheiden ließ, weil ihr Mann jede Mahlzeit mit den Worten »Sodele, Nudele« begann, ausgenommen das Frühstück. Da sagte er: »Eili, Peili«, bevor er sein gekochtes Ei enthauptete. Es war schön, das zu lesen. Ich wußte endlich: Ich bin nicht allein. Ich habe nämlich ebenfalls eine kleine Gewohnheit, bitte, werden Sie darüber schweigen?

Ich kann nicht essen, ohne vorher »Na denn ...« gesagt zu haben. Es ist merkwürdig, aber es geht nicht anders. Ich setze mich an den Tisch, nehme mein Besteck in die Hand und sage »Na denn ...«, so wie andere Leute ein Tischgebet sprechen oder »Guten Appetit!« wünschen. Das heißt, manchmal sage ich es gar nicht selbst, sondern Paola schaut mich an, wenn wir zu essen beginnen, und dann sagt sie »Na denn ...«, bevor ich es sagen kann. Wir lachen darüber, und ich freue mich, daß sie sich nicht scheiden läßt. Aber merkwürdig ist das natürlich schon.

Meistens registriere ich selbst gar nicht, daß ich »Na denn ...« sage. Ich sage es so automatisch, wie man sich die Haare im Wind glattstreicht oder die Brille zur Nasenwurzel zurückschiebt, wenn sie verrutscht ist. Schon mein Vater hat »Na denn ...« gesagt, bevor er zu essen begann, mein Großvater auch. Es sind sehr viele Nadenns in den Männern unserer Familie enthalten – die müssen heraus. Ich vermute, daß bei uns der Magen-Darm-Trakt nicht funktioniert, wenn wir nicht »Na denn ...« gesagt haben. Er braucht das als Zauberwort, sonst arbeiten die Verdauungszellen nicht, wie kleine Maschinen, die niemand angeschaltet hat, oder wie Heinzelmännchen, die vergebens auf den Sonnenuntergang warten.

Man kann natürlich auch der Meinung sein, es sei zwanghaft, immer »Na denn ...« sagen zu müssen, oder es sei ein nervöser Tic, so wie andere Menschen ständig mit den Wimpern zucken oder sich dauernd an den Haaren herumfummeln. So weit würde ich nicht gehen. Wenn man es sich genau überlegt, macht fast jeder Mensch irgendein kleines Gewohnheitsgeräusch. Zum Beispiel beginnt Lothar Matthäus alles, was er sagt, mit »Ja gut ...«. Ich glaube, wenn er nicht »Ja gut ...« sagen würde, könnte er nicht reden. Es ist die Formel zum Einschalten seines Gehirns, oder wie man das bei L. M. nennt.

Ein anderes Beispiel: Es gibt sehr viele Manager, die jeden zweiten Satz mit »Ich sage mal ...« einleiten, achten Sie mal drauf! Wenn man diesen Leuten das Ichsagemal wegnehmen würde, wie man einem Kind eine Schachtel Zündhölzer wegnimmt – dann könnten sie überhaupt nicht mehr sprechen. Sie säßen an ihren Schreibtischen, und wenn das Telephon klingelte, wären sie hilflos wie kleine Kinder. Sie würden den Hörer in ihrer Hand anstarren, aus dem sie eine Stimme hörten, die eine Antwort von ihnen erwartete, die sie nicht geben könnten, weil sie das Ichsagemal nicht mehr hätten. Dann würden sie anfangen zu weinen – alles bloß wegen dreier Worte, die ihnen nicht mehr zur Verfügung stünden. Verrückt, was? Aber so ist es.

Was ich sagen will: Ich sage dieses »Na denn ...« schon längst nicht mehr, sondern mache es, und zwar nicht willentlich, sondern unwillkürlich, so wie ein Bekannter von mir immerzu »Ngpfffft« mit der Nase macht, ohne es selbst noch zu merken – er hat irgend etwas mit der Stirnhöhle. Na denn ist ein etwa dem Schnarchen gleichgestelltes Geräusch, wobei ich ausdrücklich erwähnen möchte, daß ich nicht schnarche – aber auf diese Auskunft sollten Sie nicht viel geben. Mein Vater zum Beispiel leugnete stets, daß er schnarchte, obwohl er so sehr schnarchte, daß man ihn noch am anderen Ende der Stadt hörte. Selbst als ich 600 Kilometer weit weggezogen war, konnte ich nachts aus den Geräuschen der großen Stadt sehr leise meinen schlafenden Alten heraushören.

Dabei fällt mir ein Freund ein, der seine Sätze nicht mit »Na denn…« oder »Ja gut…« zu beginnen pflegte, sondern – das ist wirklich wahr – immer und immer und immer mit: »Du wirst lachen…« Einmal traf ich ihn auf der Straße. Ich fragte ihn, wie es ihm gehe, und er sagte: »Du wirst lachen: Meine Frau hat mich verlassen.«

Eine beständige, unbestimmte Qual

Wenn ich nun von meinem linken Knie spreche, so aus aktuellen Gründen, aber auch, weil mir in einem generellen Sinne meine linke Körperseite die problematischere von beiden zu sein scheint. Wir erinnern uns, daß Thomas Mann den Christian Buddenbrook, einen der gelungensten Hypochonder der Literaturgeschichte, wieder und wieder von der »beständigen, unbestimmten Qual« auf seiner Linken sprechen ließ. Christians Arzt diagnostizierte, dort seien »alle Nerven zu kurz«, was dem unbestimmt Gequälten eine Reihe von konkreten Beschwerden eintrug (von Schluckproblemen über Lähmungsangst bis zu Unregelmäßigkeiten des Herzschlags) und ihn oft sagen ließ: »Ich kann es nun nicht mehr.«

Das alles ist mir keineswegs fremd. Und nun geht es zuvörderst um das linke Knie, in welchem ich neuerdings beim Treppensteigen und vor allem beim Joggen einen eigenartig ziehenden, noch nicht sehr großen, doch sicher wachsenden Schmerz zu verspüren nicht unterlassen kann. Sonderbar … Kennen Sie das Gefühl?

Das Knie ist ja so eine Art Zentralgelenk des Fitneßkultes, weshalb es bei unseren Großsportlern in einer Genauigkeit beobachtet wird, die jedem medizinisch Interessierten unter den Zeitungslesern eine tägliche Freude ist: Kapselreizung (oder war es Reizverkapselung?) im Kniegelenk bei Jan Ullrich! Migräne im Wadenbeinköpfchen bei Bierhoff! Schleimbeutelverstimmung bei Steffi! Und nun also mein linkes Knie.

Ich muß an meinen Freund Paul denken, der schon so

lange unter Kniebeschwerden leidet, daß er bereits bei allen führenden Gelenkkapazitäten in Behandlung war, zuletzt sogar in Übersee, beim Kniepapst selbst, welcher Operationen unter lokaler Betäubung durchführt: Das Knie ist nicht bei Bewußtsein, der Besitzer schon. Er kann sogar die Skalpellführung des Meisters auf einem Bildschirm verfolgen und ihm applaudieren, wenn es angemessen scheint. Wenn erst meine Beschwerden sich so zugespitzt haben, daß eine Operation unvermeidlich ist, wird es derart viele Fernsehkanäle geben, daß sie weltweit übertragen werden kann. Kinder, heute abend kommt Papis Knie im Ersten! Oder in einem anderen Programm, ich mache das von Verhandlungen über die TV-Rechte abhängig.

Bis zu seiner nächsten Operation, sagt Paul, werde die Technik so weit sein, daß er selbst sein Knie operieren beziehungsweise wenigstens ausbauen und – ein Knie geht einsam durch die Welt – per Kurier nach Amerika schicken könne. Er kontrolliere die Behandlung dann am Monitor daheim. Vielleicht werde es auch möglich sein, daß man zu Hause das Bein in den Fernseher lege, und es werde heil, sagt er.

Ich erwähnte eingangs die grundsätzliche Problematik meiner linken Körperhälfte. Merkwürdig ist tatsächlich, daß sämtliche Erkrankungen, die mich heimsuchen, ihren Ort auf der Linken zu nehmen pflegen, seien es diffuse Reizungen der inneren Organe, seien es grobe Sportverletzungen wie jene Prellung, die mein Schultergelenk auf die Größe eines Schutzpolsters beim Football anschwellen ließ. Sogar bei Husten werde ich das Gefühl nicht los, die Bronchialwege links seien stärker in Anspruch genommen.

Was hat das für Gründe? Zu kurze Nerven? Die unsymmetrische Lagerung des Herzens? Ein Männerproblem, psychisch verursacht? Unzureichende Durchblutung einer Hirnhälfte? Abermals erbliche Ursachen? Schon Großvaters linkes Knie war durch einen Unfall mit seinem Ford Dixie ruiniert, und der Vater umwickelte täglich ächzend das linke Bein mit fleischfarbenen Bandagen, einer Kriegsverletzung wegen. Sind die linken Beine unseres Geschlechts verflucht bis ins tausendste Glied?
Ich werde dieses Knie beobachten müssen, sehr genau beobachten…

Dieses kleine Fleisch

Was ich bis jetzt nicht verstanden habe, das ist, warum Männer mehr Angst vor Spritzen haben als Frauen.
»Stimmt nicht«, sagt Paola. »Ich kenne auch Frauen, die sich vor Spritzen fürchten.«
»Das sind Ausnahmen«, sage ich. »Auch leiden sie nicht so wie Männer.«
»Weil Männer wehleidig sind«, sagt Paola. »Sie halten nichts aus, physisch nicht, vom Psychischen nicht zu reden.«
»Was für läppisches Gerede!« rufe ich. »Wir sprechen von Todesangst!«
Zunächst eine wahre Geschichte: Ich hatte zwei Onkel, der eine hieß Schmitt, der andere Schmitz. Sie waren gemeinsam in der Schule, beide in der gleichen Klasse. Wenn der Schularzt kam, um eine Impfung vorzunehmen, wurde in alphabetischer Reihenfolge angetreten, Schmitz hinter Schmitt, welcher regelmäßig beim Anblick der gezückten Spritze in Ohnmacht sank – in die Arme von Schmitz. So wurde die Geschichte jahrzehntelang im Familienkreis erzählt, bis mir eines Tages – Onkel Schmitt war lange tot – Onkel Schmitz mit brüchiger Greisenstimme, leise kichernd, die Wahrheit beichtete.
Viel entsetzlichere Angst vor Spritzen habe er selbst gehabt und sich deshalb mit Onkel Schmitt verabredet: Jener solle bewußtlos werden, Onkel Schmitz ihn beiseite schleppen und Hilfe leisten. In der Verwirrung werde der Schularzt vergessen, dem Helferlein Schmitz

seine Spritze zu verpassen. Der Plan gelang wirklich oft. Onkel Schmitz ersparte sich den einen oder anderen Nadelstich.

»Sprachst du nicht von Todesangst?« sagt Paola.

»Ja, davon sprach ich. Ich erkläre es jetzt.«

Ich kenne Männer, die zwei Meter groß sind, die bergsteigen und fallschirmspringen, aber wehe, man versucht ihnen eine Spritze zu geben! Es hat Auswirkungen wie bei manchen Frauen eine umherhuschende Maus: blanke Hysterie. Selbst bei simplem Blutabnehmen, wenn der Arzt oder die Schwester da sitzen mit ihrer Kanüle, durstigen Stechmücken gleich, werden die Gesichter dieser Männer zu fahlen Totenmasken, und die Augen richten sich ins Imaginäre. Oder ins Jenseits?

Ich kenne weitere Männer, die sich lieber die Weisheitszähne mit der Rohrzange herausreißen lassen, lieber Blut spucken und bis in die Fußspitzen hinunterfahrendes Wehwehweh erdulden, als vorher die lange Spritze in ihr Zahnfleisch dringen zu lassen, »in dieses kleine Fleisch da in meinem Mund«, wie einer sagt. (Er sagt wirklich: »Dieses kleine Fleisch.«) Es geht nicht um Schmerzen. Es geht um das Stechen!

Ich kenne drittens Männer, die von meterlangen Spritzen ihres Orthopäden berichten, als habe der Doktor versucht, sie mit einem Speer zu durchbohren.

Der Speer – das ist es! Wir haben es hier mit der seit Jahrtausenden von den Vätern auf die Söhne vererbten Angst vor dem Speer des Feindes zu tun. Die blinkende Nadel des Arztes: Das ist der Dolch, die Pfeilspitze, das Schwert, und wenn der Mann beim Doktor sitzt, den Arm entblößt, hilflos, wehrlos, bewegungslos, dann

blitzt die alte, archaische Furcht auf: Das ist der Jäger, ich bin der Gejagte. Ich bin ein Sioux, er ist ein Kiowa. Wir sind Feinde, jetzt hat er mich.
Und in den Augen des Arztes sieht man für eine Sekunde die unendliche Befriedigung dessen, der lange und geduldig auf der Jagd war, der gesucht und gewartet und sein Opfer nun erwischt hat. Mögen ihn auch Gesundheitsreformen plagen, mögen ihn die Krankenkassen schurigeln – jetzt darf er zustechen, seine Messerspitze senken und den Feind beseitigen.
All das steckt in diesem winzigen Moment, bis es dann vorbei ist, der Patient wieder Patient ist und der Arzt wieder Arzt, seinen Mund öffnend und sprechend: »Ich habe doch gesagt, es ist gar nicht schlimm.«

Das sind so Tage…

Es gibt so Tage, da wär' man gern ein großer Mann und sieht ja auch so aus wie einer, hat eine schöne Frau am Arm und einen guten, grauen Anzug an – und ist doch bloß ein kleiner Wicht, geht irgendwie auf Stelzen, paßt nicht in diese Hose rein und nicht zu dieser Frau. Man trägt sich bloß herum wie eine große Kleiderpuppe.

Das sind so Tage… Gott sei Dank sieht das keiner.

An solchen Tagen fühlt man sich wie ein halbwüchsiger Junge, dem die Eltern etwas zum Anziehen gekauft haben, und er geht jetzt in die Schule damit, und alle werden sagen: »Hey, haben deine Eltern dir was zum Anziehen gekauft, Hübscher?«

Oder man fühlt sich wie ein etwas kleinerer Junge, den jeder nervöse Hausmeister packen und schütteln und anschreien kann wegen eines falsch geparkten Fahrrads, so wie diesen speziellen Jungen früher mal ein nervöser Hausmeister packte und schüttelte und anschrie wegen irgendwas.

Oder man fühlt sich wie ein noch kleinerer Junge, der in seinem Gitterbettchen sitzt und mit einem Plüschaffen namens Opitzer und einer Plüschkröte namens Schascha und einer Plüschananas namens Ananas zusammenlebt und morgens eine warme Milch in einer Flasche hereingereicht bekommen möchte (so wie dem kleinen Luis jeden Morgen

eine Milch gereicht wird, die er trinkt, in Anwesenheit des Affen Opitzer und der Kröte Schascha und der Ananas Ananas).
Na, das sind so Tage ... Bitte, muß es solche Tage geben? Du gehst aus dem Haus mit der Frau an deinem Arm und kommst dir einen Kopf kleiner vor als sie, obwohl du einen Kopf größer bist, und siehst den Gemüsehändler und denkst: »Was für ein Kerl! Ein ganzer Mann!« Und denkst, ob sie wohl auch denkt ...? Dann kommt ein junger, unrasierter Bursche die Straße entlang mit einem jungen, unrasierten Schäferhund, und dieser Hund fällt über den sehr gut rasierten Mops einer alten Dame her und beißt ihn und will ihn fressen, und das Möpslein fiept und kreischt und fleht. Da wirft sich der junge unrasierte Mann dazwischen, haut sich hinein in die Schlacht wie ein dritter Hund, beißt sein eigenes Tier ins Genick, zeigt ihm, wer sein Herr ist, wer hier nach Möpsen schnappen darf und wer nicht. Und dann ist es vorbei, die alte Dame tröstet ihr schluchzendes Tier, der junge Mann verschwindet um die Ecke mit seinem sich räuspernden Schäferhund, und die Frau an deinem Arm flüstert etwas vom Animalischen, Erotischen, das dieser Unrasierte ja auch habe ...
Es gibt so Tage ... Da beißt dich einfach jeder weg. Da kaufst du, was der Verkäufer will, daß du es kaufst. Da trinkst du, was der Kellner will, daß du es trinkst. Da läßt du dir die Haare schneiden, wie der Friseur will, daß du dir die Haare schneiden lassen sollst. Da bist du einfach eine Flasche.
An solchen Tagen denkst du, wie es wäre, jeder sähe immer genauso aus, wie er sich gerade fühlt. Du kämst

zu deinem Chef hinein, aber deinem Chef wäre gerade so zumute wie einem alten Sack zumute ist – und dann säße da im Chefsessel auch wirklich ein alter Sack, aus Jute, nicht aus Plastik, und sagte nichts und spräche nicht, wäre einfach bloß ein vor sich hinsackender Chefsack.
Oder die Trambahnfahrerin, die gerade noch eine heranhetzende junge Frau mit einem Kinderwagen im Schneetreiben hat stehenlassen, fühlte sich wie eine blöde Kuh, und du kämst herein und bätest um einen Fahrschein, und sie drehte sich um und machte einfach: »Muuuh!«
Oder du stündest vor deinem Briefkasten und hättest gerade einen Brief vom Finanzamt geöffnet und fühltest dich wie ein wütender, gallenkranker Tiger, hättest plötzlich auch den heißen, schlechten Atem eines wütenden, gallenkranken Tigers, und dann gingest du auf die Straße hinaus, und alle Passanten würden aufschreien und auseinanderstieben und brüllen: »Ein Tiger, oh, ein wütender, gallenkranker Tiger, weh uns, sein heißer, schlechter Atem ist schon ganz nah!«
Ja, solche Tage würde es dann auch geben, und im übrigen erinnere ich mich auch an Tage, an denen man auf die Straße geht und sich fühlt wie ein Mann mit einer schönen Frau am Arm und einem guten, grauen Anzug auf dem Leib. Es gibt solche Tage.
Aber heute ist nicht so einer, heute leider nicht.

Und im Wandschrank rülpst das Bügeleisen

Manchmal stelle ich mir vor, die Waschmaschine in meinem Badezimmer sei ein gefährliches Tier. An solchen Tagen darfst du das Bad nur auf Zehenspitzen betreten und mußt, dicht an die Wand gedrängt, um das wütend-hungrige Wesen herumschleichen – sonst überfällt es dich wie ein Tiger im Urwald, faucht dir ins Gesicht mit seinem 95-Grad-Atem, schnappt nach dir mit rundem Maul. Es reißt gierig dein Hemd in Fetzen, schlingt es in sich hinein, und wenn du nicht selbst ein Ende finden willst in seinem Innern, wenn du nicht sterben willst in endlosen Vollwaschgängen, durchsiebt von Megaperls wie der Hase vom Schrot, dann kämpfst du nicht um dieses Hemd. Dann opferst du es und siehst zu, daß du deine Haut rettest.

Na ja, so ist das in meinem Bad an manchen Tagen.

Im allgemeinen heißt es von den Maschinen, sie seien seelenlos und tot, und Nahrung hätten sie auch nicht nötig, gut, ein bißchen Strom vielleicht. Aber jeder, der einmal mit meinem Kühlschrank sprach, dem guten, alten, melancholischen und an seiner Hypochondrie leidenden Bosch, weiß, wie verblendet jene sind, die so denken. Er kennt Boschs Liebenswürdigkeit, seine immerwährende Bereitschaft zu geben, sei es ein Bier, sei es ein Zipfel Leberwurst. Nichts, was ich ihm anvertraute, behielt er je für sich.

Wie anders nun aber die Waschmaschine. Wie viele Liter Wasser säuft sie jeden Tag in sich hinein! Wie viele

Schäufelchen Waschpulver verputzt sie auf einen Sitz wie eine Kuh das Kraftfutter! Wie oft verlangt sie sogar nach einem Becherlein Weichspüler, als sei es ein Digestif! Und wie oft geschieht es, daß ich zwanzig Socken in sie hineinwerfe – und ich erhalte nur siebzehn zurück. Im Schubladendunkel meines Kleiderschrankes liegen sehr viele einzelne Strümpfe, verwitwete Wesen, denen der Lebenspartner abhanden gekommen ist und damit auch der Sinn ihres Daseins: Bloß eine Socke kann man nicht tragen, und wer zieht schon zwei Socken an, die nicht zusammengehören?!
Mancher wird die Problematik banal finden: Ach, halten Sie das Maul mit Ihren blöden Stinkestrümpfen, die Wirtschaft steht am Abgrund, Jahr für Jahr sterben soundsoviele Tierarten aus, Krebs ist immer noch unbesiegt – und Sie quatschen uns hier von den Socken!
Aber hat man nicht sogar gelegentlich von kleinen Kindern gelesen, arglos in Badezimmern spielenden Kindern, die von Waschmaschinen gefressen wurden?
Damen und Herren! Die Wahrheit ist vielleicht, daß die Waschmaschine kein Tier ist, sondern ein gefräßiger Gegenfürst zum Kühlschrank. In Boschs Innern brennt ein helles Licht, in der Waschmaschinentrommel aber herrscht luziferische Finsternis. Nehmen wir an, in meiner Wohnung (und vielleicht in allen Wohnungen!) herrschen die Prinzipien des Gebens und des Nehmens, die Grundsätze des Kühlschranks und der Waschmaschine, die Helligkeit und das Dunkel – und sie bekämpfen sich, diese Prinzipien. Sie ringen um die Seelen der anderen Apparate, sie wollen auch mich. Bereits hat die Waschmaschine, während ich in der Küche mit Bosch tiefsinnige Gespräche führte, den Staubsau-

ger auf ihre Seite gebracht, den unentwegt brüllenden, fressenden Staubsauger.
Bereits schreit aus dem Wohnzimmer der versoffene Luftbefeuchter nach Flüssigkeit, mehr, mehr, mehr... Und ich liege hier nun in der Badewanne, will mich entspannen in der Nacht, vor dem Schlafengehen, und denke: Wen hat sie noch, wen hat sie noch? Und denke:

Föhnlein, Föhnlein an der Wand!
Warst doch vorhin noch nicht so nah
Am Badewannenrand!

Und denke: Warum hast du vorhin noch die Waschmaschine gefüllt für einen Gang? Nun hat sie gewaschen, nun schleudert sie, rast und rotiert, zerrt an ihren Fesseln, wird sich gleich vom Fleck lösen, das tobende Monster, der hungrige Satan, wird mir die Tür verstellen, und ich werde allein sein im fensterlosen Bad... Bosch, Boschilein, hörst du mich?
Na ja, so ist das in meiner Wohnung in manchen Nächten!
Wirtschaft am Abgrund, Tierarten vor dem Aussterben, Krebs noch unbesiegt. Und im Wandschrank rülpst das Bügeleisen.

Das Geräusch der Unordnung

Die Keller meines Lebens? Den eindrucksvollsten hatte ich auf dem Land, in einem Bauernhaus, unter dem sich ein modriger Lehmkeller befand, dessen Tür ich nur einmal öffnete. Da schlug mir ein feuchter Hauch entgegen, und ich sah eine riesige, den Raum füllende weiße Kröte sitzen. Sie blickte mich verwundert an und machte ein gurgelndes Geräusch. Ich schloß die Tür und machte sie nie wieder auf.
Und heute? Ich wohne in einem alten Haus, fünf Stockwerke, mit Keller darunter. An einem Gang findet man blaue Stahltüren, die zu den Abteilen führen. Abends macht es auf dem Gang oft Schlappklapp-schlappklapp – ein Mann in gestreiften Gummilatschen geht zu seinem Kellerraum, um in einem Flaschenbehälter aus Kunststoff, der sechs Flaschen Platz bietet, sechs Flaschen Bier zu holen. Das ist einer meiner Nachbarn.

Oder man hört ein Rascheln, weil jemand in einem Freizeitanzug aus Fallschirmseide seinen Keller aufsucht. Dort hat er eine Modelleisenbahn, mit der er spielt, bis ihn seine Frau über die Gegensprechanlage zum Essen ruft. Das ist ein anderer meiner Nachbarn.
Oder es ist ganz still, und ein dritter Mann steht vor der Tür seines Abstellraumes und horcht.
Das bin ich.
Unser Keller war jahrelang sozusagen das Unterbewußtsein unserer Wohnung. Alles, was oben störte, verdrängten wir nach unten. Auf diese Weise sammelte sich allerhand hinter der Stahltür: alte Schränke und die Einzelteile eines Ehebettes, ein unnütz gewordener Kinderwagen und Langlaufskier mit kaputter Bindung, zwei defekte Inhalationsgeräte und leere Bierkästen, Teile einer ausrangierten Duschkabine und zerschlissene Reisekoffer, lauter Sachen, die man nicht sehen will und trotzdem nicht wegwirft, weil man ja den Keller hat.
Unser Keller wurde voller und voller, die Dinge lagen übereinander, die hintere Wand war nicht mehr zu sehen, geschweige denn zu erreichen. Eines Tages stürzte etwas von innen gegen die Tür. Seither kann man sie nicht mehr öffnen, den Raum nicht betreten, nichts wegnehmen, nichts hinzufügen. Die Gegenstände drinnen sind sich überlassen. Ich habe einen Keller und doch keinen. Denn was unterscheidet Keinenkeller von einem, in den man nicht hinein kann?
Nicht mal an meinen Werkzeugkasten komme ich, und wenn ich eine Rohrzange brauche, leihe ich sie mir bei einem der Nachbarn. In ihren Kellern ist es so ordentlich, daß die Rohrzangen an Nägeln hängen, und wenn

man sie abnimmt, wird dahinter jeweils der auf die Wand gemalte Schattenriß einer Rohrzange sichtbar. Man sieht sich um, ob es auch den Schattenriß eines kaputten Inhalators oder eines unnützen Kinderwagens gibt – nichts. Nur Ordnung, spießige, abstoßende, begehrenswerte Ordnung.

Und über allem hängend das sanfte Rascheln von Freizeitanzügen, dazwischen, wie ein Metronom, das regelmäßige Schlappklapp gestreifter Latschen. Wenn Ordnung ein Geräusch machen würde, wäre es so ein eintöniges, immergleiches Rascheln mit Schlappklapp dazwischen. Man müßte einen Apparat erfinden, der Ordnung hörbar macht, eine Kiste mit Mikrophon und Kopfhörern. Vor Kasernen, Einwohnermeldeämtern, Bibliotheken hätte man das gleiche Geräusch im Ohr, nicht Bellen von Befehlen, sondern sandiges Reiben, hartes Klappen.

Und die Unordnung? Was wäre von ihr zu hören?

Abends, wenn der letzte den Keller verlassen hat, das letzte Schlappklapp verklungen ist, lege ich das Ohr an meine Kellertür und horche und kann sie hören, die Geräusche der Unordnung, die Musik des Chaos: das klappernde Lachen der Rohrzangen, das heisere Husten gebrechlicher Inhalatoren, das senile Schmatzen eines ausrangierten Luftbefeuchters, das alberne Kichern eines Kinderwagens, das Stöhnen einer Kreuzschlitzschraube, die sich einem Kreuzschlitzschraubenzieher hingibt, das Weinen eines fernwehkranken Koffers – all das, was Gegenstände nur machen, wenn sie lange Zeit unter sich sind. Und was nur wenige Menschen kennen, nur solche, die Keller haben wie ich.

Sexifanti

Themistokles kannte die Namen von 20000 Athenern aus dem Gedächtnis, Scaliger lernte den Homer in 21 Tagen auswendig, Mezzofanti verstand 58 Sprachen, aber ich weiß nicht mal mehr, wer Scaliger war und wer Mezzofanti. Mit mir ist es so: Ich gerate auf einer Party in ein Gespräch über Wien und will vom Café Bräunerhof erzählen, in dem Thomas Bernhard immer saß. Aber nicht genug, daß mir der Name des Kaffeehauses nicht einfällt, mir steigt plötzlich sogar der Name Bernhard nicht mehr zu Bewußtsein, so daß ich wie ein Idiot daherstottere von »diesem Café gleich bei der Hofburg, in dem der Ding immer saß, dieser berühmte Dichter«. Bin ich bescheuert?

Ja, ich bin so bescheuert, daß ich den Namen Bernhard vergessen habe. Gerade daß ich noch weiß, von welcher Stadt wir sprechen – wird gleich auch ihr Name mir entfallen? Dem Begründer der Psychoanalyse, ihr wißt schon, dieser mit dem Bart, auch einer aus Wien, dem ist es mal passiert, daß er von dem Maler Signorelli erzählen wollte. Es fielen ihm aber statt »Signorelli« nur die Namen »Botticelli« und »Boltraffio« ein, worauf er sich selbst analysierte und – ich verkürze seine komplizierten Überlegungen, erstens weil ich mich nicht recht an sie erinnere, zweitens aus Platzgründen – feststellte, daß er kurz vor Erwähnung Signorellis einen sexuellen Gedanken hatte, diesen aber verdrängte und so den Signorelli, weil er eben gerade da war, gleich mit ins Unterbewußte räumte.

Was nun mich angeht, so kann ich mich nicht mal

mehr an den sexuellen Gedanken erinnern, der mir in die Quere gekommen sein könnte. Perfekte Verdrängung, was?
Hört mal, bei mir ist es anders: Ich verdränge nichts, ich bin auch nicht nur gedächtnisschwach, ich habe fast überhaupt kein Gedächtnis mehr. Ich habe diese Krankheit, deren Namen ich mir nicht merken kann. Mein Gedächtnis rutscht partienweise aus dem Hirn in die Speiseröhre hinunter und in den Magen-Darm-Trakt, und noch später landet es auf den Rieselfeldern. Dort sind bereits mit großen Teilen meiner Gedächtnissubstanz die Kohlköpfe gedüngt worden, Festtage für die Kohlköpfe, sie denken gern daran zurück. Bloß ich stehe jetzt mit jeder Erinnerung in Händen da wie jemand, der seine liebevoll gebügelten Hemden in den Schrank legen will – aber der Schrank ist weg. Ich bin tatsächlich bald gedächtnislos wie Brot.
Ich erinnere mich ja, wenn ich ehrlich bin, kaum noch daran, daß mir neulich der Name Bernhard nicht mehr eingefallen ist, und auf Parties wie der erwähnten gerate ich auch deswegen immer öfter in Verzweiflung, weil ich fürchten muß, daß zu mir und meinem Gesprächspartner eine dritte Person tritt, eine alte Bekannte sogar, die ich meinem Gesprächspartner vorstellen müßte. Aber wie? Mir geht es wie Großmutter, die, wenn ich sie besuchte, stets eine ganze Liste von Namen herunterratterte, bis irgendwann meiner dabei war, mehr aus Zufall als aus Erinnerung. Aber meine Großmutter war 92, und ich bin nicht mal halb so alt.
Wie heißt also diese alte Bekannte, die jetzt aus dem Partygewühl auf uns zukommt!? Sexifanti, Sexorelli, Sexhard? Quatsch, ich nix wissen. Ich nix haben Ge-

dächtnis. Du machen Dokumentarfilm über mich, den Mann ohne Erinnerung!

»Dies ist meine alte Bekannte Nuschelnuschel, übrigens auch eine Verehrerin dieses Dichters da, der gerne in diesem Café da saß in dieser großen Stadt da, in diesem anderen Land da, Sie wissen schon.« So spreche ich auf Parties. Ist es nicht schrecklich?

Ich will aber, wenigstens zum Schluß, auch die Schönheiten dieses seltsamen Lebens erwähnen. Meinetwegen müssen keine Filme mehr gedreht, keine Bücher geschrieben, keine Witze erfunden werden. Mir ist alles neu, eine glatte Welt ohne Tiefe. Ich habe viel zu lachen, zu weinen, zu staunen. Das ist auch was.

Aber WAS!?

Ich weiß nicht mehr.

Humpf

Dann und wann setze ich mich in einer Buchhandlung vor ein paar Leute hin und lese ihnen aus meinen Büchern vor, lese und lese und lese etwas, das ich selbst geschrieben habe und schon deshalb ziemlich gut kenne, lese und lese und lese etwas, das ich schon hundertmal irgendwo vorgelesen habe und deshalb schon fast auswendig kann, lese und lese und lese... Und dann? Dann kommt der Moment, in dem mich Entsetzen durchfährt, weil ich schon seit einiger Zeit nicht mehr an das denke, was ich lese, sondern an etwas ganz anderes – ich lese bloß noch automatisch. Und was wäre, denke ich dann, wenn du in den letzten zwei Minuten gar nicht gelesen, sondern erzählt hast, was du gerade denkst? Wenn statt des Textes das zu hören war, was dir wirklich durch den Kopf ging, unbedacht, unüberlegt? Wenn die Leute dich deshalb so interessiert ansehen?

Übrigens hatte ich einen Englischlehrer, der sehr klein und dick war, vergilbte, stinkende Hemden unter fadenscheinigen Anzügen trug und bei jeder Gelegenheit im Unterricht sich den Mädchen von hinten näherte, sie befingerte und sein Gesicht zentimeternah an ihre Gesichter brachte, also, in wenigen Worten, ein unappetitlicher, kleiner, geiler Fettsack war. Dieser Mr. Fettsack rief eines Tages eine Mitschülerin an die Tafel, die mit Vornamen Cornelia und mit Nachnamen Beischach hieß, er aber rief nicht Fräulein Beischach, sondern »Fräulein Beischlaf« auf – worauf nach einer winzigen Pause voller ungläubigem Staunen die ganze

Klasse in Gelächter ausbrach und Mr. Fettsack im Gesicht so rot wurde wie ein Alarmknopf, »Entschuldigung, Entschuldigung« stammelte und aus dem Zimmer rannte. Er war dann eine Woche krank, und als er zurückkehrte, nannte er Fräulein Beischach nur noch »Fräulein Cornelia«, damit nichts mehr passieren konnte.

Dabei fällt mir eine Anekdote ein, die der Wiener Psychoanalytiker Otto Rank 1913 in der Internationalen Zeitschrift für Psychoanalyse veröffentlichte. (Man muß vorher erklären, daß »pudern« der wienerische Ausdruck für »vögeln« ist.) Rank also hatte eine Patientin, die nicht gerne mit ihrem Mann schlief, vorgeblich, weil sie glaubte, das schade ihrem mädchenhaften Teint. Eines Nachts aber gelang es ihm doch, sie zu verführen. Am Morgen danach rasierte er sich im Schlafzimmer und benutzte aus Faulheit zum Einschäumen ihre auf dem Nachtkästchen liegende Puderquaste, worauf die Gattin verärgert aus dem Bett rief: »Du puderst mich ja schon wieder mit deiner Quaste!« (Eigentlich wollte sie sagen: »Du puderst dich ja schon wieder mit meiner Quaste.«) Ich weiß nicht, was Sie davon halten, für mich ist es der zweitschönste Freudsche Versprecher, den ich je gehört habe.

Den schönsten entnehme ich einem Witz, den mir mein Freund Paul neulich erzählt hat: Stehen zwei Männer am Tresen. Sagt der eine: »Mir ist neulich in Amerika ein unglaublich peinlicher Versprecher passiert. Ich stehe in New York vor dem Ticketschalter am Flughafen, muß nach Pittsburgh fliegen, neben mir in der Schlange eine wunderbare Frau mit einem herrlichen Busen, einem enganliegenden Kleid, tief dekolletiert, und ich starre sie an wie gebannt, merke gar nicht, daß ich an der Reihe bin, bis die Dame am Schalter mich aufschreckt – und was sage ich zu ihr? ›One picket to Tittsburgh, please.‹« Ach was, sagt da der andere, das sei noch gar nichts. Er habe kürzlich mit seiner Frau am Frühstückstisch gesessen, noch ein bißchen müde und geistesabwesend. »Gerade will ich zu ihr sagen: ›Gib mir mal bitte den Kaffee!‹ Und weißt du, was ich wirklich gesagt habe?« – »Nein, was?« – »Du hast mein Leben zerstört!«

»Ich finde, Sie lenken ab«, sagt meine Analytikerin in solchen Fällen zu mir. »Vielleicht versteckt sich ja hinter Ihrer Phantasie, Sie würden bei einer Lesung den Zuhörern (und Zuhörerinnen, wie man vielleicht nicht vergessen sollte) wirklich, unwillkürlich mitteilen, was in Ihnen vorgeht, ein Wunsch? Was möchten Sie denn wirklich mitteilen? Und was wollen Sie mir sagen, wenn Sie mir keine Witze und Anekdoten erzählen würden?«

»Ich, ähm, weiß nicht… humpf, räusper…«, sage ich in solchen Fällen zu meiner Analytikerin und schweige dann ein bißchen.

Und dann? Hören Sie, humpf, das gehört nicht hierher. Vielleicht kommen Sie einfach mal zu einer Lesung? Vielleicht passiert es ja!

Hallo, kleiner Gummibaum!

Ich sitze hier also am Schreibtisch, und es regnet, mitten im Dezember regnet es, ein grauer Tag, und ich warte auf eine Idee und kaue Kaugummi, und drüben auf der anderen Seite des Hofes sehe ich einen Gummibaum im Fenster stehen, regungslos wie alle Gummibäume. Ich rufe:

»Hallo, kleiner Gummibaum!
Siehst du mich hier Gummi kau'n?«

Nichts. Er rührt sich nicht. Manchmal denke ich, wie ungerecht es ist, daß wir und die anderen Tiere uns bewegen können, daß aber die Pflanzen still herumstehen müssen, dort, wo jemand sie hingestellt hat. Ich habe zum Beispiel im vergangenen Frühjahr drei Schönmalven gekauft, kräftige Gewächse von jeweils anderthalb Meter Höhe. Dann habe ich sie auf den Balkon gestellt, und als der erste Frost kam, habe ich vergessen, sie hereinzuholen. Da ist eine der Schönmalven erfroren. Ich war sehr traurig, denn erstens war es eine sehr schöne Schönmalve mit gelben Blüten, und zweitens hatte sie 39,90 Mark gekostet.
»Du denkst aber auch nie an die Pflanzen!« habe ich in hilfloser Wut zu Paola gesagt, und sie hat gesagt, das sei ja wohl die Höhe, es seien doch meine Schönmalven, und ich habe gesagt, es sei aber unser Balkon, und sie hätte die Schönmalven auch angeguckt und sich an ihnen gefreut, also sei sie auch mitverantwortlich für ihr Schicksal, und sie hat gesagt, ich hätte doch auch nicht an die Schönmalven gedacht und sie vor dem Frost her-

eingeholt, und ich habe gesagt, ja klar hätte ich nicht immer an die Schönmalven gedacht, aber ich hätte eben manchmal doch an sie gedacht, nur nicht im richtigen Moment, während sie nie an die Schönmalven gedacht hätte, in keinem Moment, so wie sie keine Sekunde lang an den Ficus im Wohnzimmer gedacht habe, als ich wochenlang verreist war, weshalb der Ficus vertrocknete.

Dann haben wir die beiden nicht erfrorenen Schönmalven hereingeholt und in die Badewanne gestellt, um sie mit warmem Wasser zu besprühen, und seitdem ist das Badezimmer voll Millionen kleiner weißer Fliegen, die auf der Blättern der Schönmalven saßen und nun entweder tot auf dem Boden liegen oder im Bad herumsitzen und auf irgend etwas warten, vielleicht auf den Weiße-Fliegen-Gott oder auf den Tod.

Man könnte sich ja vorstellen, daß es die Pflanzen wären, die sich bewegen könnten, während die Tiere zeitlebens an Ort und Stelle verharren müßten. Dann wären die Schönmalven bei Frosteinbruch hereingekommen und hätten sich irgendwo ins Warme gestellt, und die Fliegen hätten auf dem Balkon bleiben müssen und wären erfroren, und das wäre ja wohl gut so, oder? Nicht, daß ich größenwahnsinnig bin, aber hätte man mir die Erschaffung der Welt überlassen, stünde dies und jenes zum Besseren.

Wandernde Wacholder, mobile Moose, fliegende Flechten, gehende Geranien, rasende Rosen... Und wenn das große Weihnachtsbaumhacken beginnt, würden ganze Fichten- und Tannenwälder fliehend durch unsere Straßen hetzen, gefolgt von den Weihnachtsbaumjägern – da wäre doch was los in dieser stillen

Zeit, und ich müßte hier nicht bloß einen Gummibaum anglotzen! Auf der anderen Seite müßte man dann übrigens keine Angst mehr vor Kampfhunden haben, denn sie würden in ihren Pitbull-Pflanzungen stehen wie angewurzelt und knurren, und dann würde der erste oder zweite Frost sie dahinraffen, ah, wie mir das gefiele, denn ich hasse die Kampfhunde, oh, wie ich sie hasse! Wie ich den Lauf der Dinge so kenne, würden die ehemaligen Kampfhundbesitzer allerdings dann mit fleischfressenden Pflanzen durch die Straßen gehen.

Die beiden Schönmalven haben übrigens im Badezimmer alle Blüten verloren, dazu ziemlich viele Blätter, und eigentlich sind sie jetzt keine Schönmalven mehr, eher Nichtsoschönmalven, die man in keinem Zimmer der Wohnung stehen haben möchte, blattarme Gerippe. Stumm und groß stehen sie in der Wanne, wo sie auch nicht bleiben können, warten auf irgend etwas, genauso wie die weißen Fliegen auf irgend etwas warten, genauso wie der kleine Gummibaum da drüben auf irgend etwas wartet, genauso wie ich hier am Schreibtisch auf irgend etwas warte.

Während der Redaktionsschluß naht, sitze ich da, pflanzenhaft regungslos einer Idee harrend, wie damals die Schönmalve auf meine rettende Hand hoffte vor dem Frost, vergeblich, leider.

Tatütata, Swoboda!

Manchmal langweilen mich bestimmte Wörter so, ach, wie sie mich langweilen, zu oft gehörte, immergleiche Wörter! Das Wort »Redaktionsschluß« zum Beispiel – jeden Tag um die gleiche Zeit tritt das Wort »Redaktionsschluß« zur Tür herein, schaut mit blödem Gesicht auf die Uhr, will mich terrorisieren und langweilt mich doch nur. Ich schwöre: Morgen, wenn es wiederkommt, werde ich es packen und würgen und zum Fenster hinauswerfen, damit es auf der Straße zerschellt. Ein Straßenfeger wird seine Einzelteile zusammenkehren und für immer entsorgen, aaaaah, das Wort »entsorgen« soll er auch gleich mitnehmen, dieses entsetzliche, fade Wort, schaff er es mir aus den Augen!
Wenn ich zum Beispiel Blumenhändler wäre, ich glaube, ich würde das Wort »Blumen« hassen: Morgens Blumen im Großmarkt kaufen, den ganzen Tag Blumen zu Blumensträußen binden und Blumengebinde verkaufen, abends die übriggebliebenen Blumen zusammenräumen, und morgens wieder... Warum kann man nicht jeden Tag ein anderes Wort erfinden für das, was wir »Blumen« nennen, einfach, damit alles nicht so öde ist?
Der kleine Luis zum Beispiel, der gerade zwei Jahre alt ist und sprechen lernt, nennt die Blumen nie Blumen. Er nennt sie »Bummeln«, und die Erwachsenen stehen um ihn herum und rufen: »Es heißt nicht Bummeln, kleiner Luis, es heißt Blumen!« Statt zu sagen: Jawollja, es heißt ab sofort Bummeln, alle Wörterbücher werden

geändert, und wer noch einmal Blumen sagt, den versteht niemand mehr.
Wie schön es gewesen sein muß, als der erste Mensch die Erde betrat und die Dinge sah und jedem einzelnen von ihnen einen Namen geben konnte, lauter funkelnagelneue, nicht ein bißchen abgebrauchte, hochinteressante Wörter!
Wenn jetzt ein Mensch auf die Welt kommt, findet er Dinge vor und Wörter dazu, alles schon fertig, und will er mal ein neues Wort in die Welt setzen, muß er erst etwas erfinden, eine bisher unbekannte Art von Müsliriegel zum Beispiel oder ein neues Auto oder eine neue Zeitschrift, und dieses Ding kann er dann irgendwie nennen, mit einem ganz und gar neuen Wort. Ehrlich gesagt glaube ich, daß hier die wahre Triebfeder des Fortschritts verborgen ist: Die Menschen haben einfach immer wieder die alten Wörter satt und setzen deshalb neue Dinge in die Welt, um sie mit besseren Wörtern versehen zu können. Ein anderer Grund ist nicht zu erkennen, warum unentwegt neue Müsliriegel, Autos und Zeitschriften auf den Markt kommen.
Schon beim jungen Menschen erkennen wir die Ablehnung alter Worte und die Freude an der Neubenennung von Dingen. Der kleine Luis nennt einen Photoapparat nicht »Photoapparat«, sondern »Photorbraten«, und er ruft, wenn er von den Eltern in die Luft geschleudert werden möchte, nicht »Flieg, Engelchen!«, auch nicht »Flieg, Maikäfer!«, sondern: »Flieg, Engerling!« Und gerade in diesem Moment, Damen und Herren, biegt er wieder mit seinem Bobby-Car um die Ecke, dem schnellsten geblümten Bobby-Car der Welt, und er ruft nicht »Tatütata, Bobby-Car!«, sondern:

»Tatütata, Swoboda!«
Swoboda solle übrigens nicht »Bobby-Car« bedeuten, behauptet Paola, meine Frau, sondern »Die Post ist da!« Aber Bruno, mein alter Freund, sagt, vielleicht komme ja öfter mal, wenn ich auf Dienstreise sei, ein Herr Swoboda zu Besuch und bringe dem Kleinen Polizeiautos zum Spielen mit.
Oder vielleicht heiße ja auch der Postbote …
Hmmmm …
Und nun ist Luis mit seinem Bobby-Car umgekippt und ruft »Hoppala! Oh, Meier, Meier!« Paola sagt, er wolle sagen »O mei, o mei!« Aber er hat deutlich »Meier« gerufen, vielleicht auch »Mayer« oder »Meyer«.
Hmmmm …
Werde jetzt gleich mal einen Bummelstrauß kaufen gehen für Paola.

Wegschmeißer und Behalter

Ja ja, die Menschheit zerfällt in Männer und Frauen, ist klar, ist klar. Aber worin zerfallen Männer, und worin zerfallen Frauen? Sie zerfallen in Wegschmeißer und Behalter und in Wegschmeißerinnen und Behalterinnen.

Ich persönlich bin Behalter. Ich gebe nichts her. Ich schmeiße nichts weg. In meinem Kleiderschrank liegt noch die olivgrüne Bundeswehrunterwäsche, mit der bekleidet ich einst den Warschauer Pakt abschreckte. Warum sie olivgrün ist? Ich sollte eben noch gut getarnt sein, wenn der Russe mir schon die Uniform vom Leib geschossen hatte, so war das damals.

»Schmeiß das Zeug weg!« sagt Paola. »Schmeiß es endlich weg!«

»Aber warum?« frage ich. »Die Unterhosen sind aus gutem Material, sehr haltbar und ohne Löcher.«

»Aber du ziehst sie nie mehr an, Gott sei Dank«, sagt sie.

»Aber was ist«, sage ich, »wenn die Zeiten schlecht werden? Wenn wir verarmen und hungern und frieren? Wenn wir kein Geld für neue Unterwäsche haben? Dann hätte ich diese.«

»So ein Unsinn!« ruft sie. »Dann hast du die Wäsche, die du jetzt auch trägst!«

»Ja, aber die alte hätte ich zusätzlich«, sage ich.

»Du spinnst«, sagt sie. »Dann schmeiße ich sie irgendwann weg, wenn du nicht da bist.«

»Wehe!« schreie ich, verzweifelt und voller Ahnungen. »Wehe, du schmeißt hinter meinem Rücken etwas weg!«

Man muß wirklich aufpassen als Behalter. Die meisten von uns sind mit Wegschmeißerinnen verheiratet, die jede Gelegenheit nutzen, um wertvollstes, erinnerungsträchtigstes Eigentum in den Müll zu geben und sich dann vor Freundinnen zu brüsten: »Er hatte wirklich diesen zerschlissenen Bademantel hinten im Schrank und Cordhosen, die ihm seit der Konfirmation nicht mehr passen, und eine lächerliche Prinz-Charles-Reitmütze, die ihm seine frühere Frau geschenkt hat, weil sie mit ihm aufs Land ziehen wollte... Und dann habe ich, als er auf Dienstreise war, alles in den Container geworfen. Wißt ihr was? Er hat es nicht mal gemerkt!« So reden sie.

Ich lebe zwischen alten Sachen. Ich habe mir angewöhnt, sie in alten Blechschachteln zu verstauen, auf denen Werbesprüche stehen wie: »Avo – wer damit würzt, sagt Bravo!« Eine Schachtel habe ich, in der liegen kaputte Walkmen, die man in schlechten Zeiten reparieren könnte, und stumpfe Opinel-Messer, die man in schlechten Zeiten schleifen lassen würde, und Brustbeutel aus den siebziger Jahren, in die man in schlechten Zeiten sein Geld stecken würde, und eine versteinerte Marzipanfigur, die man in schlechten Zeiten essen würde.

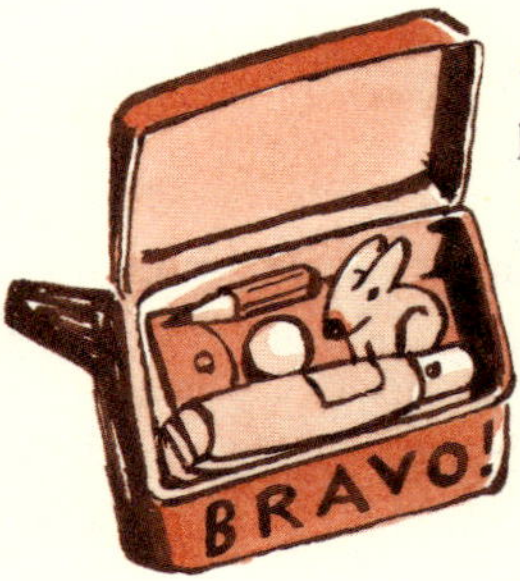

Wissen Sie, eigentlich geht es mir selbst auf die Nerven: altes Gelumpe, das mich an Zeiten erinnert, an die ich nicht erinnert werden will. Im übrigen ist Behalten zwanghaft und kindisch. Jeder psychoanalytisch geschulte Wegschmeißer kann einem erklären, daß

sich ein Behalter verhält wie ein Kind, das zum erstenmal auf dem Töpfchen sitzt, und dessen Mutter riesengroß vor ihm steht und wartet – und das Kind entdeckt zum erstenmal, daß es nicht machtlos gegenüber dieser Mutter ist, sondern sie zappeln lassen kann und warten und warten. Behalten, sagen diese Wegschmeißer, ist eine aus früher Kindheit ins Heute transportierte Verhaltensweise, neurotisch.
Allerdings sagen daraufhin die psychoanalytisch geschulten Behalter: Und was ist der Wegschmeißer anderes als einer, der sich sofort dem Willen der Mutter ergibt, widerstandslos, ängstlich, feige? Wegschmeißen, sagen diese Behalter, ist eine aus frühester Kindheit ins Heute transportierte Verhaltensweise, neurotisch.
Natürlich ist es vollkommen unmöglich, daß Behalter und Wegschmeißer im gleichen Haushalt leben. Aber das ist ja bei Männern und Frauen nicht anders.
Ich persönlich habe beschlossen, dies hinter mir zu lassen. Ich empfinde plötzlich so eine Bewunderung für kühles Sich-trennen-können, für erwachsenes Überlegen: Was brauche ich, was nicht, woran hängt mein Herz wirklich, was behalte ich nur aus einer Behaltensneurose heraus – ach, es ist herrlich, das so sehen zu können, und ich werde nun meine Dinge sortieren, mit klarem Kopf, gleich morgen.
Oder übermorgen.

Absturz

Als ich noch sehr klein war, lag ich gern auf dem Rücken im Gras und sah den Flugzeugen am Himmel nach und den Kondensstreifen, die sie hinter sich ließen. Als man mir sagte, daß in den Flugzeugen Menschen säßen, dachte ich darüber nach, wie sie wohl in die Flugzeuge hineingekommen waren. Ich kam zu keinem endgültigen Schluß, aber meine Vorstellung war, daß die Flugzeuge irgendwann dort oben für eine kurze Zeit anhalten würden und daß man dann vom Boden aus eine sehr, sehr, sehr, sehr, sehr, sehr, sehr, sehr lange Leiter ausfahren würde und daß mit deren Hilfe die Passagiere Gelegenheit hätten, das Flugzeug zu besteigen und auch wieder zu verlassen.

Na ja, so dachte ich eben.

Einen Flugplatz gab es bei uns in der Nähe nicht, und deshalb erfuhr ich erst später, daß Flugzeuge starten und landen können, ja, müssen, und daß sie dabei zu uns herunterkommen. Noch später hörte ich, daß sie auch abstürzen können, und leider ist dies ein Gedanke, der mich bis heute nicht mehr losgelassen hat. Ich verstehe einfach nicht, wie Leute es fertigbringen, in ein Flugzeug einzusteigen, ohne an das Abstürzen zu denken! Wie kann man auch nur einen Flug buchen ohne das Wort »Absturz« im Kopf? Die Stewardeß lächelt mir zu, ich denke: »Absturz.« Sie sagt, ich solle mich anschnallen, ich fühle: »Absturz.« Sie bietet mir einen Whisky an und – Absturz. Ich hab's euch immer schon gesagt: Wahrscheinlich ende ich eines Tages als Opfer einer Flugzeugkatastrophe.

Aber ihr habt mich immer unehrlich mitfühlend angeschaut und Statistiken aufgezählt, wonach nur ein paar Promille aller Flugzeuge vom Himmel fallen und Autofahren viel gefährlicher ist.

Und wenn! Soll ich das Fliegen genießen, weil es weniger Risiken birgt als der Rest des Lebens? Ich blicke den Dingen ins Auge, wie sie sind. Wenn ich auf meinem Sitz Platz nehme, sehe ich meinen Nachbarn an und denke: Neben dem da also wirst du sterben. Wie er sich wohl benimmt, wenn es soweit ist? Ob er kotzt oder schreit oder bloß stumm ist? Ob er einfach weiterspricht von seinen Geschäften? Sein Handy anschaltet und zu Hause anruft? Ob er eine letzte Zigarette rauchen will, obwohl rauchen in abstürzenden Flugzeugen mit Sicherheit verboten ist (falls es nicht sowieso ein Nichtraucherflug ist)? Ob man sich noch die Hand gibt, auch wenn man sich gar nicht kennt? Ich meine, es ist ja doch ein relativ intimer Moment, wenn es mit einem zu Ende geht, und dann neben einem völlig Fremden zu sitzen – ich weiß nicht. Wenn er auch noch mit seiner Schwimmweste nicht zurechtkommt! Was ich ja noch mehr hasse als das normale Abstürzen, ist Abstürzen über dem Meer: Wenn ich je von wütenden Fischen hätte gefressen werden wollen oder gern in sehr kaltem Wasser ertrinken würde oder mitten im Atlantik den vorbeifahrenden Kreuzfahrtschiffen meine verhallenden Hilferufe hätte hinterherbrüllen mögen, wäre ich Seemann geworden, oder? Ich bin aber bloß ein normaler Flugreisender. Man sieht mir meine Flugangst nicht mal an, höchstens wenn man speziell geschult ist, und wer ist das schon?

Ich sitze brav auf meinem Platz, lese Zeitung, denke ans Abstürzen, und wenn es soweit ist, bin ich wahrscheinlich der einzige an Bord, der kein bißchen überrascht ist. Ich bin in meinen Gedanken schon so oft vom Himmel gefallen, mir ist nichts mehr fremd.
Ein schreckliches Leben, denken Sie? Es gibt eine gewisse Entschädigung. Das ist der Moment, in dem ich nach der Landung der Maschine entsteige. Kann sich jemand dieses unfaßbare Glücksgefühl vorstellen? Nicht abgestürzt! Ich lande nicht bloß, ich komme nicht einfach an – ich auferstehe! Das ist so wunderbar, das ist so unglaublich schön, und es hält so lange an, bis ... bis ich halt zurück muß.

Herr Oczoczak

Wie ich Herrn Oczoczak kennenlernte? Oh, das kam so.

»Du mußt etwas für deinen Körper tun«, hatte Paola, meine Frau, gesagt. »Ein Mann in deinem Alter bleibt nicht von selbst straff und fit.«

»Ein Mann in meinem Alter!« schnaufte ich. »Was soll das heißen: ein Mann in meinem Alter?« Ich reagiere auf die Formulierung »Mann in deinem Alter« seit einiger Zeit wie Obelix, wenn jemand ihn als dick bezeichnet. »WER IST HIER DICK?« schreit er dann. »WO IST HIER EIN DICKER?«

»WO IST HIER EIN MANN IN MEINEM ALTER?« schrie ich.

Dann ging ich zum Training in meinen alten Hockeyverein. Sieben Jahre war ich nicht da gewesen, aber die anderen, die von früher, spielten immer noch und ich jetzt auch wieder. Ich rannte hin und rannte her, ich dribbelte und drabbelte, ich schlenzte den Ball und schlug ihn über den Rasen, und es machte mir solchen Spaß, ach, machte das Spaß.

Aber hinterher tat mir der rechte Fuß weh, und am nächsten Tag mußte ich zum Arzt.

Was das mit Herrn Oczoczak zu tun hat? Na, nun warten Sie doch ab!

»Ein Schleimbeutel an der Ferse hat sich entzündet«, sagte der Arzt. »Er war wohl überlastet.« Ich bräuchte Massagen, fügte er hinzu, und Krankengymnastik.

Bei Herrn Oczoczak?

Nein, bei Fräulein Ingeborg. Jeden Morgen um acht,

verdammt, und Hockey darf ich erstmal nicht mehr spielen.
Ich hatte nicht gewußt, daß ich einen Schleimbeutel an der Ferse habe, und ihn deshalb nicht beachtet – das zahlt er mir jetzt heim, der Schweinebeutel. Er schmerzt und schmerzt und schmerzt, und Fräulein Ingeborg gibt ihm Saures und Fango dazu, Eispackungen und Ultraschall, Gleichstrom und Laserstrahlen – alles, was Schleimbeutel so hassen und Krankenversicherungen auch.
Auch muß ich in den Gymnastikraum. Ingeborg läßt mich einbeinig auf einem Teller balancieren, der auf eine Halbkugel montiert ist. Das kräftigt die Waden, sagt sie. Ich stehe da mit einem abgespreizten Bein und ausgebreiteten Armen wie eine Springbrunnenfigur, wackele hin, wackele her und denke, so müßte man mich in Bronze gießen, das Denkmal eines Mannes in meinem Alter.
Und wer steht mir da gegenüber, auch er ein Mann in den besten Jahren, auch er sein Gleichgewicht auf einem Wackeltellerchen suchend?
Richtig: Das ist nun Herr Oczoczak!
Kaum befinden wir uns beide halbwegs lotrecht, reicht Ingeborg uns einen gelben Plastikball. Wir müssen ihn uns gegenseitig zuwerfen, zwei schwankende Tellermänner, die vorsichtig einen gelben Ball hin- und herspielen, zwei Herren in kurzen Hosen, die nichts Böses wollten, nur ihre Körper ein wenig strafen, äh, straffen. Nun werden sie grausam gestrafft, nein, gestraft.
Ingeborg verläßt dann und wann den Raum, um im Nebenzimmer Lachtränen abzuwischen.
Oczoczak indes ist von tückischem Charakter. Er wirft mir, kaum daß er selbst einigermaßen sicher auf seinem Tellerlein steht, den Ball so zu, daß ich mein Reserve-

bein zu Hilfe nehmen muß, um nicht zu stürzen. Fast falle ich ganz vom Teller. Dazu lächelt er süffisant, als hätte er einen Punkt gemacht im Versehrtenpokal oder als winke ihm der Aufstieg in die Bundesinvalidenliga. Ein Therapieprofi, denke ich. Wahrscheinlich hat er bereits zwei Bypässe und eine Kunstniere.

Ich strafe ihn für seine Hinterhältigkeit mit einem Wurf in Richtung seines Gemächtes, er wiederum zielt wahrhaftig auf meinen entzündeten Schleimbeutel, worauf ich ... Aber halt!

Fräulein Ingeborg trennt uns, läßt nun Oczoczak auf einem Minitrampolin hüpfen wie einen Schimpansen, der auf Bananen wartet, während sie mich auf eine Liege legt, mein rechtes Bein in ihre Arme nimmt, um die Muskulatur zu dehnen, wie sie sagt, in Wahrheit, um mir Schmerzen beizubringen, Schmerzen, wie die schlimmste Sado-Maso-Henkerin sie nicht dem abstoßendsten Klienten beibringen würde, Schmerzen, die mir Tränen in die Augen treiben, während O. auf dem Trampolin sich an meinem grellen Leid weidet, geil herüberstarrend, während er auf und nieder springt, gerade daß er nicht klatscht und »Mehr! Mehr!« ruft, Oczoczak, diese Wiedergeburt eines Schleimbeutels.

Noch einmal müssen wir auf die Teller, noch einmal bekommen wir den gelben Ball, noch einmal werfe ich ihn Oczoczak zu, werfe hart und plaziert auf seine linke Seite, schicke ihn ins Eck, so daß er fliegen muß wie Olli Kahn nach einem Elfmeter, nur daß Oczoczak nicht im Grase landet, sondern scheppernd in einem Apparat zur Stärkung der Rückenmuskulatur.

Yahoo, Oczi! So lernte ich, wie gesagt, Herrn Oczoczak kennen. Und er mich.

Als meine Hände mich verließen

Es gab Zeiten, da waren mir meine Hände seltsam fremd. Ich schaute sie an und dachte: Die gehören zu dir? Was für seltsame Tiere! Du bist ihr Herr?

In diesen Zeiten stellte ich mir oft vor, daß eine meiner Hände mich verließ oder gleich beide sich davonmachten, einfach mit Hilfe der Finger loskrabbelten wie Einsiedlerkrebse, deren Hinterteile in Schneckenhäusern stecken, oder auf Zeige- und Mittelfinger hinwegstelzten wie Volltrunkene auf steifen Beinen.

Schon bald aber wurden sie sicherer im Gang, die linke ein wenig später als die rechte natürlich, staksten nicht mehr umher, sondern bewegten sich gelenkig durch die weite Welt, abenteuerlustig und sehr froh, meiner herrischen Armmuskulatur ledig zu sein.

Anfangs konnte ich noch mit ihnen spazierengehen: Sie gehorchten wenigstens meinen Rufen, kehrten dann für eine Weile zu mir zurück, und wenn sie es zu toll trieben, zum Beispiel gegen meinen Willen ein fremdes Frauenbein streichelten, rief ich nach Art der Hundebesitzer: »Keine Angst! Sie wollen nur spielen!«

Später aber verließen die beiden mich ganz. Sie tanzten auf fremden Pianos. Schlüpften in Kasperlpuppen und verdienten mit Theaterspiel Geld in der Fußgängerzone. Probierten elegante, körpernah geschnittene Handschuhe in den erlesensten Fachgeschäften. Und reckten empört den Mittelfinger, wenn ein unachtsamer Automobilist sie beinahe überfuhr.

Und ich? Blieb handlos zurück, hilflos mit stumpfen Armen und grübelte, warum es meinen Händen bei

mir nicht gefallen hatte. Wusch ich sie zu oft? Hätte ich sie mit sanfteren Lotionen salben sollen? Mißbehagte ihnen die tägliche Schufterei auf der Tastatur meines Laptops? Legte ich sie zu selten in den Schoß? Oder gönnte ich ihnen zuwenig Freude auf weichen Frauenhäuten? Ich wußte es nicht. Ich war ratlos.

Meine Hände aber machten ihre Erfahrungen im Alleinleben, gingen wohl auch an manchem Abend ohne einander aus, jede für sich, so daß nachts oft die Linke nicht wußte, was die Rechte tat. Aber morgens fanden sie sich immer wieder zusammen. Dann brachen sie auf, um andere Hände über deren Leben zu befragen.

Sie trafen die Hände eines Boxers. »Wie geht es euch?« fragten sie, und die Boxerhände jammerten, den ganzen Tag müßten sie Faust machen, immer 'ne Faust machen, die Handrücken schmerzten schon davon, und an anderen Tagen spüre man bereits ein Zittern, so

ein Alzheimersches Zittern, ach, die vielen Ko-Ko-Ko-Kopftreffer. Auch seien die Boxhandschuhe viel zu dünn, und Weltmeister werde er nie, ihr Mann.
Sie trafen die Hände eines Politikers. »Wie geht es euch?« fragten sie, und die Politikerhände klagten über das schreckliche Dauergeschüttel im Wahlkampf, über das ständige Auf und Nieder bei den Abstimmungen, und Bundeskanzler werde er auch nicht, ihr Mann.
Sie trafen die Hände eines Bischofs. »Wie geht es euch?« fragten sie, und die Bischofshände schluchzten, es sei das größte Elend mit ihrem Leben, denn sie könnten sich gegenseitig nicht leiden und seien doch fast den ganzen Tag ineinander gefaltet, beim Beten oder über dem kleinen, kugelrunden Bischofsbauch. Und Papst werde er auch nicht, ihr Mann.
Dann trafen sie noch die Hände eines Restmüllsortierers und eines Fischverkäufers. Aber die sagten gar nichts, sie waren stumm vor Elend.
Als meine Hände mit all diesen Händen gesprochen hatten, kehrten sie zu mir zurück, denn sie sahen ein, daß das Leben anderswo viel härter ist als bei mir. Ich war sehr froh, daß sie wieder da waren, und badete sie sofort in Palmolive-Geschirrspülmittel, so lange sie wollten. »Ich hab's euch immer schon gesagt«, sprach ich zu ihnen, »etwas Besseres, als meine Hände zu sein, findet ihr nirgends auf der Welt.« Gerührt fuhren sie über meine Bartstoppeln und rasierten mich gefühlvoll.

Ich bin unreif

Manchmal wache ich auf und denke: Wie liegst du eigentlich da? Auf der linken Seite, die Beine angezogen, Knie kurz vor dem Bauch, Arme gewinkelt, Hände in Kopfnähe. Richtig zusammengerollt.

Einmal sind in einer Frauenzeitschrift die Schlafstellungen verschiedener Menschen analysiert worden: Man hat Leute im Bett liegend von oben beim Schlafen photographiert – wobei man sich schon fragt, warum einer nicht aufwacht, wenn alle Lampen im Zimmer an sind und direkt über ihm ein Photograph von der Decke hängt, aber nun ja. Vielleicht haben sie den Leuten vorher ein starkes Mittel gegeben.

Der eine lag also auf dem Rücken, der andere auf dem Bauch, der nächste auf der Seite, und neben jedem Bild stand der Text eines Psychologen, der die jeweilige Schlafstellung analysierte und mitteilte, erfolgreiche Menschen lägen zum Beispiel ganz entspannt rücklings, während erotisch besonders raffinierte Typen zur Bauchlage neigen.

Was soll ich sagen: Auf einem Photo lag jemand auf der linken Seite, die Beine angezogen, Knie kurz vor dem Bauch, die Arme gewinkelt, Hände in Kopfnähe. Richtig zusammengerollt.

So schliefen Leute, schrieb der Psychologe, die Angst vor dem Leben hätten, emotional unreif seien und sich in die Geborgenheit der Gebärmutter zurücksehnten.

Jawohl! So ist es! Ich will zurück. Es ist sieben Uhr morgens, und ich will zurück. Warum bin ich geboren worden? Warum kann ich mein Leben nicht im Uterus ver-

bringen, wo man sich nicht rasieren muß und wo es keine leeren Kaffeedosen gibt und keine anhaltenden Niederschläge?
Ich meine, es müßte Psychologen geben, die einen vor der Geburt untersuchen und feststellen, daß es keinen Zweck hat, diesen Menschen da drinnen zur Welt zu bringen: daß er dem Leben nicht gewachsen ist, daß es ihm zu anstrengend sein wird und daß seine Nerven die Wechselfälle des Alltags nicht aushalten. Dann bleibt man da drinnen und macht es sich gemütlich. Jemand reicht gute Bücher herein und eine Leselampe, und allenfalls wenn es einen guten Film gibt, kommt man für zwei Stunden raus.
In einer anderen Zeitschrift habe ich gelesen, man teste künftige Astronauten auf Platzangst, indem man sie veranlasse, sich in einem leeren Zimmer in eine nicht allzu große Wurst aus dickem Leder zu quetschen. Die werde dann mit einem Reißverschluß zugemacht. Darauf lösche jemand das Licht, und alle anderen verließen den Raum. Wenn der Mann in der Wurst zu schreien beginne, dürfe er nicht Astronaut werden.
Das mag eine gute Prüfung für Astronauten sein. Menschen, welche die Weiten des Weltalls lieben, schlafen in anderen Stellungen und haben leichter Angst vor der Enge als unsereiner, doch ein Astronaut darf eben keine Angst haben, nie. Aber ich will nicht ins Weltall. Ich will nicht einmal ins Badezimmer. Ich will in so einer Lederwurst leben, möglichst mit einem Mutterleib drum herum. Und das Licht soll ausgehen, und keiner soll mehr im Zimmer sein, weil ich schlafen will.
Es ist sieben Uhr, und ich bin unreif und will zurück! Sieht denn niemand, wie ich hier liege?!

Im fünften Stock, am Ende der Welt

Seit Jahren steht mein Schreibtisch im fünften Stock eines alten Hauses, direkt unterm Dach, unweit unserer Wohnung. In der Mansarde neben meinem Arbeitszimmer lebt Herr Dobler, ein kleiner, schmaler Mann von rätselhafter Menschenscheu. Bevor er den Flur betritt, horcht er, wie ich vermute, innen an seiner Wohnungstür, und wenn niemand draußen ist, huscht er hinaus, eilt mit eckigen Bewegungen zur Treppe, fliegt geradezu hinunter. Manchmal begegne ich ihm trotzdem im Treppenhaus. Ich sage dann »Grüß Gott!«, doch seine Antwort klingt gepreßt und schrill, wie: »Kräß Kott!« Im gleichen Moment kommt es mir vor, als nehme Dobler nicht nur die Farbe der Wand an, sondern als verschwinde er in dieser Wand, werde aufgenommen wie von den Armen einer schützenden Mutter. Jedenfalls ist er plötzlich unsichtbar.

Hier oben im fünften Stock ist das Ende der Welt. Über uns ist nur noch das Dach, dann schon der Himmel, und wenn ich aus dem Fenster schaue, blicke ich über die Dächer, wie man von einem Gipfel übers Gebirge blickt. Von Alfred Polgar gibt es ein Feuilleton mit dem Titel »Lob der Mansarde«, das läßt sich hier gut lesen. Viel habe das Leben in Mansarden vom Leben in den Bergen, schrieb Polgar. Wie Almen lägen die Dachgärten zwischen den braunen, rostroten, malachitgrünen Gebirgszügen der Dächer. Wie ein Wildbach schäume das Regenwasser in den Dachrinnen. Wie Lawinendonner klinge das Teppichklopfen im

Hof. Aber während unter den Bergen allenfalls Erze schlummerten, wirkten unter den Dächern weltverändernde Energien, spielten die Leidenschaften, »und immerzu neu bildet sich das Material, aus dem der Mensch seine Waffen schmiedet gegen die Götter«.
Gleich gegenüber meines kleinen Balkons steigt ein Ziegeldach auf, schneebedeckt im Winter. Oben, auf dem Giebel, thront wie ein Gletscher blaßblau das Glasdach eines Ateliers. Nur ein paar Meter darunter sehe ich hinter einem Fenster Tag für Tag einen alten Mann, immer allein, immer an einem Küchentisch sitzend. Dort ißt er, dort löst er Kreuzworträtsel, von dort blickt er starr in eine Ecke, während über sein Gesicht der Widerschein des Fernsehprogramms huscht. Im Fenster nebenan beobachte ich eine türkische Familie, Frau, Mann, zwei kleine Kinder, eine gebeugte Großmutter – durch eine Wand und eine Welt von dem Alten getrennt. Wenn ich die kleine Balkontür öffne, höre ich, wie ein Klavierspieler übt, ein Kind schreit, ein Mann telephoniert, ein Paar sich in den Armen liegt. Jedes Geräusch, das zum Himmel steigt, muß bei mir vorbei. Ich bin der letzte, der es hört, der letzte Mensch jedenfalls.
In meinem Lexikon steht, die Mansarde sei nach dem Pariser Architekten François Mansart benannt, der am 23. Januar 1598 geboren wurde. Aber Mansart sei in Wahrheit nicht ihr Erfinder, sondern sein Großneffe Jules Hardouin-Mansart. Mir ist es gleich. Vielleicht mußten die Mansarden gar nicht erfunden werden. Vielleicht waren sie immer schon da und wurden bloß entdeckt, wie ja auch Höhlen entdeckt werden, von Eremiten wie Dobler zum Beispiel, jenen Bewohnern

des Stadtgebirges, die sich auf der Flucht befinden vor den Menschen.

Übrigens habe ich neben Dobler noch einen Nachbarn, Herrn Majewski, ein sehr dicker Mann, der in seinem Zimmer einen Leguan hält. Majewski braucht für die fünf Treppen mindestens eine halbe Stunde, so fett ist er. Auf jedem Treppenabsatz verharrt er schnaufend und brummend. Manchmal huscht dann Dobler an ihm vorbei wie eine Dohle und krächzt »Kräß Kott!« Oft steht Majewski am Fenster seiner Wohnung, den Leguan auf der Schulter, und beide blicken bewegungslos in den Hof. Einmal lag dort unten ein Toter. Ein Mann war aus einem Dachfenster im Haus nebenan gesprungen. Als ich morgens kam, bedeckte seinen Leichnam schon ein weißes Tuch. Später sah man die Umrisse seines Körpers, von der Polizei aufs Pflaster gezeichnet. Nach ein paar Tagen kam eine Putzfrau aus dem Architekturbüro im Erdgeschoß und schrubbte die Kreidestriche weg.

Manchmal holt mich Paola abends ab. Dann stellen wir uns ans Fenster. Wir grüßen Majewski und den Leguan, winken dem Schatten hinter Doblers Gardine und sehen zu, wie die Sonne hinter dem breiten Massiv des Doms untergeht.

Der Mann vor meiner Tür

Vor meinem Haus, mitten in der Stadt, liegt ein kleiner Platz. In dessen Mitte erhebt sich eine riesige Kastanie. Darunter wiederum steht ein Mann. Seit zwei Jahren schon steht er da, jeden Tag von acht bis achtzehn Uhr. Ob es regnet oder schneit, ob die Sonne scheint oder der Frost beißt, er steht da, manchmal direkt unter dem Baum, bisweilen vorne am Rand des Bürgersteigs, dann und wann, wenn das Wetter besonders widrig ist, auch ein paar Meter weiter hinten, zurückgezogen in eine Garageneinfahrt.

Nahe bei uns ist ein Obdachlosenasyl. Da schläft der Mann wohl, jede Nacht, und wenn er das Asyl morgens verlassen muß, weil es tagsüber geschlossen ist, dann geht er zu unserem Haus wie andere ins Büro, hat eine Plastiktüte dabei mit zwei Bier, steht dort und steht und steht, auf dem Kopf einen fettigen Cordhut, die Mundwinkel nach unten gezogen wie von Gewichten, traurig. Abends, wenn das Schlafheim wieder öffnet, kehrt er dorthin zurück, stakst die Straße entlang mit steifen Beinen, als habe er keine Knie, und schleudert die Fußspitzen in die Luft, wie um sie abzuschütteln.

Warum er dort steht? Ich weiß es nicht. Irgendwo muß er ja stehen, weil er nicht arbeiten kann oder nicht arbeiten darf oder nicht arbeiten will. Und warum soll er dann nicht hier sein?

Es gibt Tage, an denen ist er nicht allein. Andere besuchen ihn und stehen mit ihm herum. Ein Pole zum Beispiel, ein finsteres Besengesicht, der Kopf ein einziges schwarzes Büschel aus drahtigem Haar und Bart

und Brauen. Aus dem quillt immerzu ein Redestrom, den keiner versteht. Oder ein stiller Kleiner ist da, ab und zu. In seinen Schlafsack gerollt schnarcht er dann im Eingang des kleinen Kinos nebenan, die Schuhe ordentlich nebeneinander gestellt, eine Zahnbürste in eine leere Coladose gesteckt. Es gibt noch zwei, drei andere. Die kommen einige Wochen, dann nie wieder. Aber er? Bleibt, Tag für Tag.
Einmal sagte ein Dicker im Lodenmantel zu ihm: »Das geht doch nicht, daß Sie hier immer stehen!« Da nickte der Mann und sagte »Ja« und blieb.
Manchmal denke ich, er ist aus einem englischen Film in dem kleinen Kino abgehauen, nicht als Zuschauer, meine ich: als Filmfigur. Nun läuft der Film nicht mehr, und der Mann weiß nicht, wo sein Film jetzt ist, und hat keine Ahnung, wohin mit sich, eine Filmfigur ohne Film. Man müßte sich also einen Film für ihn ausdenken, damit er wieder verschwinden kann, irgendwohin, wo es ihm besser geht, wo er nicht bloß herumsteht, sondern etwas zu tun hat. Wie wäre es, jemand würde ihm sein letztes Geld stehlen, das er unter seinem alten Hut aufbewahrt, und dann würden sich alle seine Freunde mit ihm auf die Jagd nach dem Dieb machen, ohne Polizei, lauter eifrig gewordene alte Nichtsnutze, in deren Dasein plötzlich für eine Woche ein Sinn kommt – bis sie den Dieb haben eben. Es wäre eine Art »Emil und die Detektive« mit Pennern.
Vielleicht ist er ja auch Metzger von Beruf und hat, nur ein paar Straßen weiter, im Schlachthof Zehntausende von Tieren getötet. Dann entließ man ihn, weil die Leute immer weniger Fleisch essen und immer weniger Tiere umgebracht werden müssen. Nun steht er da, zur

einen Hälfte gelähmt vom Alpdruck seines Gewissens, zur anderen, weil er nicht weiß, was er ohne diese Arbeit tun soll – er kann nichts außer Schweine töten. Ab und zu, an grauen Tagen, kommt er mir vor wie einer, der schon tot ist, wie jemand aus dem Jenseits, vielleicht der Tod selbst, der hier das Leben teilnahmslos studiert – und wenn er will, ist es gleich aus mit mir. Dann wieder sehe ich ihn ein Hündchen kraulen und mit einer alten Frau sprechen, und ich denke, daß er vermutlich doch nur einfach ein trauriger Mann ist, der vielleicht eine Scheidung nicht verkraftet hat und nun einen Platz sucht im Leben – und wenn es der vor meinem Haus ist.

Ein Neiiiin in der Nacht

Jemand hat geschrien heute nacht, Viertel vor drei. Ein schreckliches, aus der Tiefe einer Seele kommendes, helles, doch männliches »Neiiiin!« schrillte über den Hinterhof. Lichter flammten auf, Gesichter erschienen in Vorhangspalten. Da war das »Neiiiin!« schon lange wieder weg, verschwunden über den Dächern. Kein Fußgetrappel danach, kein Schuß, kein »Stirb!«. Schweigen. Man grummelte ein bißchen vor sich hin, legte sich voller Fragen ins Bett und stand morgens voller Fragen wieder auf.

Was soll man auch machen? Polizei holen, weil einer »Neiiiin!« schrie? Und was soll die Polizei tun? Überall klingeln und fragen: »Haben Sie eben eventuell ›Neiiiin!‹ geschrien? Leben Sie noch? Dürfen wir nachsehen?«

Das bringt nichts. Man ist in diesen Sachen sehr hilflos, mitten in der großen Stadt. Wenn ich jemand ermorden wollte, würde ich es, glaube ich, entweder irgendwo im Wald tun, wo keiner was mitkriegt, oder an einer Stelle, an der es viele Leute hören, die dann der Polizei verwirrende Auskünfte geben – ich kann in Ruhe abhauen. Na gut, ich will niemand töten. Wenn ich es aber doch täte, würde ich ein Messer nehmen, falls das jemand interessiert. Ein Messer ist nicht so laut wie eine Pistole, außerdem läßt es sich unauffälliger aufbewahren. Wie gesagt: Ich bin weit davon entfernt, zum Mörder zu werden. Messer sind auch schnell zu reinigen, fällt mir gerade ein.

Das sind geschmacklose Erwägungen, gewiß. Ich bin

NEIN

auch gestraft genug dafür. Mit einer Messerphobie! Wenn jemand in meiner Gegenwart ein Messer in die Hand nimmt, ein spitzes, scharfes, verfalle ich in Panik und muß den Raum verlassen. Als übrigens Woody Allen seinen Sorgerechtsprozeß gegen Mia Farrow führte, kam in der Verhandlung zur Sprache, daß er an Hirschphobie leide. Das fand ich nicht so tragisch. Man kann Hirschen aus dem Weg gehen, besonders in Manhattan. Messer liegen überall rum. Ich würde wirklich gern tauschen. Aber wer nimmt schon eine Messerphobie?
Mein Gott, was erzähle ich!? Wenn jemals in meinem Block jemand erstochen aufgefunden wird, komme ich aus den Verhören nicht mehr raus nach diesem Text!
Und immer noch weiß ich nichts über heute nacht. Einmal brüllte schon mal jemand über den Hof, nicht »Neiiiin!«, aber »Ich bring dich um, du Schwein!« Das war abends um neun, und erst als am nächsten Abend, exakt auch um neun, derselbe Schrei ertönte, war klar, daß in dem kleinen Theater auf der anderen Hofseite ein neues Stück auf dem Programm stand. Aber »Neiiiin!« um Viertel vor drei? So lange Stücke haben sie dort nicht. Ob bloß jemand aus einem Alptraum erwacht war?
Manchmal, in lauen Sommernächten, schallt bei uns übrigens ein gejuchztes »Jaaaa!« aus irgendeiner Wohnung, und alle, die noch auf den Balkons sitzen, klatschen Beifall. Man ist doch sehr nah beieinander in der Stadt. Aber ein »Neiiiin!« ist viel rätselhafter als ein »Jaaaa!«, auch interessanter irgendwie.
Muß jetzt zur Arbeit. Vielleicht steht morgen ja was in der Zeitung.

Baggerkäfer

Morgens bringe ich den Luis in die Kindergruppe, fünf Straßen weiter. Aber manchmal will er nicht gehen, will lieber noch ein Bild malen oder im Flur Fußball spielen oder sich keine Schuhe anziehen lassen oder die Windel nicht wechseln lassen oder… Und ich habe eigentlich auch keine Lust: immer der gleiche Weg an immer den gleichen Häusern vorbei über immer die gleichen Zebrastreifen.

Dann sage ich zu Luis: »Aber willst du nicht den großen Bagger auf der Baustelle anschauen?« Schwupps, will er kein Bild mehr malen und nicht mehr Fußball spielen und will sich schnell Schuhe anziehen oder eine neue Windel verpassen lassen – will nur noch den Bagger anschauen.

Und zu mir selbst sage ich auch: »Was ist mit dem großen Bagger auf der Baustelle?« Schwupps, freue ich mich auf den immergleichen Weg an den immergleichen Häusern vorbei über die immergleichen Zebrastreifen. Und wir gehen los.

An Baggern herrscht in unserer Gegend kein Mangel. Wir wohnen mitten in der großen Stadt, und unser Viertel ist ein Zentrum der deutschen Bauwirtschaft. Mit der ist es nämlich so: Wenn ihr woanders langweilig wird, wenn sie sonst nichts zu baggern und zu buddeln, zu kranen und zu graben, zu mörteln und zu mauern, zu schachten und zu schlammen hat, dann denkt sie: »Ach, fahren wir mal in die Straße vom kleinen Luis und seinem Vater und reißen da ein Haus ab oder bauen ein paar Eigentumswohnungen oder sanie-

ren einen Altbau oder verlegen wenigstens ein paar Rohre.« So ist sie, die Bauwirtschaft, hat uns einfach lieb, da kann man nichts machen.
Also gehen Luis und ich morgens zur nächsten Baustelle und schauen dem Bagger zu, wie er durch die Baugrube hetzt, hier ein bißchen baggernd, dort ein bißchen schaufelnd, ein Mäuerchen umstoßend, einen Betonsockel anbaggernd, einen Sandberg umlöffelnd, Erdhaufen um Erdhaufen in einen Tieflader füllend. Luis hält sich am Gitter des Bauzaunes fest und guckt und guckt. Was er denkt? Ach, wäre mein Vater doch ein Baggerfahrer, könnte ich doch der Sohn eines Baggerfahrers sein, ein Baggerfahrerkind, Sproß eines mächtigen Geschlechts von Baggerfahrern, welcher einst selbst im Befehlsstand eines Baggers sitzen wird, Hebelchen und Rädchen und Knöpfchen bedienend, nein, beherrschend, und nachts mit einer lieben Baggerfahrerfrau neue Baggerfahrerchen zeugend... Na, hören Sie mal, so weit denkt er ja wohl noch nicht.
Und ich? Was denke ich?
Ich denke, daß so ein Bagger etwas von einem Käfer hat, einem nervös krabbelnden, um sich herumrüsselnden Kerf auf der Suche nach Nahrung. Und je länger ich mit Luis da am Baugitter stehe, desto mehr komme ich mir vor wie ein Käferkundler bei seinen subtilen Jagden, und desto mehr erscheinen mir die Bauarbeiter wie herumwimmelnde Maden oder wie vom Großkäfer geknechtete Unterkäfer, die ihm zu Diensten sein müssen bei seinen Käferarbeiten. Der Lastzug, der die Erde wegfährt – sieht er nicht aus wie eine mühsam aus der Grube sich herausarbeitende schwarzgrüne Raupe? Und dieses komische gelbe Kettengefährt, das zwei

zehn Meter hohe Bohrstangen langsam in den gelbbraunen Untergrund der Baustelle dreht – das könnte ein weiblicher Käfer sein, der seine bernsteinfarbenen Eier ablegt, nicht wahr? Das summende Atlas-Aggregat, mit dem man Preßlufthämmer antreibt – eindeutig ein pumpender Maikäfer, oder?

Irgendwann müssen wir weitergehen, sonst kommen wir zu spät zur Kindergruppe. Aber der Eindruck bleibt. Plötzlich erscheint mir alles um mich herum wie eine Insektenwelt: der kleine orangefarbene Straßenfegewagen der Stadtwerke wie eine brummende, im Laub raschelnde Hummel; der Gullypumpwagen mit seinem schwarzen Schlauch wie eine Biene, die ihren Rüssel in eine Blüte senkt; die Autos, die Straße für Straße hinunter in die City drängen zu Büros und Kaufhäusern, wie bewußtlos zur Arbeit wandernde Ameisen; die Trambahn wie ein ängstlicher Regenwurm.

Und Luis? Und ich?

Wünschen der deutschen Bauwirtschaft alles Gute und immer reichlich Aufträge in unserer Gegend.

Sisyphos mit dem Mineralwasserkasten

Hören Sie, ich halte es nicht mehr aus. Gerade habe ich unten beim Griechen einen Kasten Bier und einen Kasten Mineralwasser geholt, so wie ich es jede Woche tun muß, immer das gleiche: mit zwei leeren Kästen die Treppe runter, die zwei leeren abgeben, zwei volle holen, Haustür aufschließen, die Haustür mit dem Hintern am Zufallen hindern und gleichzeitig die zwei Kästen ins Haus bugsieren, die Treppe hochächzen, Wohnungstür aufschließen, die zwei Kästen in die Wohnung schleppen, zum Kühlschrank bringen, einige Flaschen einsortieren – ach, ach, ach, immer das gleiche, Woche für Woche, Monat für Monat, Jahr für Jahr, ein Leben lang Bier und Wasser holen, leere Flaschen wieder wegbringen, volle mitbringen, immer das gleiche, Bier, Wasser, volle, leere, schlepp, keuch, immer das gleiche…

»Auch den Sisyphos sah ich, der, starke Qualen ertragend,
Einen gewaltigen Stein mit beiden Händen daherschob.
Ja, fürwahr, mit Händen und Füßen dagegen sich stemmend,
Stieß er den Stein den Hügel hinan; doch wenn er ihn grade
Über den Gipfel zu wälzen gedachte, dann trieb seine Wucht ihn
Immer zurück, und der tückische Stein rollt' wieder zu Tale.«

So sprach Bosch, mein Kühlschrank. Ich hatte ihm vor einer Woche die »Odyssee« ins Eisfach legen müssen und ein paar Tage später noch Camus' »Mythos von Sisyphos« dazu. Er schien alles gelesen zu haben.

»Ich ertrage es nicht mehr!« rief ich. »Jede Woche dies, und nie hört es auf. Und jeden Tag die Geschirrspülmaschine ausräumen und das Geschirr wieder in die Schränke sortieren und jeden Tag Zähne putzen, und immer geht es so weiter, und nie wird Schluß sein, oder jedenfalls erst, wenn ich tot bin!«

»Bist du sicher?« fragte Bosch. »Sisyphos mußte überhaupt erst nach seinem Tod in der Unterwelt seinen Stein rollen.«

»Um so entsetzlicher«, antwortete ich. »Dann wird man mich dort als Getränkeholer beschäftigen.«

Und er werde das Bier zu kühlen haben, brummte der Kühlschrank. »Immer wenn ich gerade eine Flasche gekühlt habe, wird sie jemand herausnehmen und eine Flasche warmes Bier hereinstellen, in Ewigkeit, amen.«

Albert Camus schreibe über Sisyphos, fügte Bosch hinzu, daß jener Gequälte auf dem Weg vom Gipfel ins Tal, hinunter zum bergab gerollten Stein, nachdenke, sich seiner endlosen Qualen bewußt werde, die Absurdität seines Lebens erkenne und akzeptiere und sich gerade dadurch dem Dasein frohen Mutes zuwenden könne.

»Dann muß ich mir also meinen Kühlschrank als glücklichen Menschen vorstellen?« fragte ich.

»Jawoll!« rief Bosch. »Ich bin jetzt ein existentialistischer, glücklicher Kühlschrank! Ich bejahe das Leben und verachte die Götter! Ich kühle, was zu kühlen ist, ab sofort voller Leidenschaft und Intensität!«
Ich sagte: »Sisyphos hatte wenigstens auf seinem Weg bergab nichts zu schleppen und konnte nachdenken. Ich muß treppab Kästen mit leeren Flaschen tragen.« Und meistens, fügte ich hinzu, sei zusätzlich der Müllsack mitzunehmen. »Manchmal empfinde ich meinen Widerwillen gegen das Immergleiche so stark, daß ich mich auf den Boden schmeißen und weinen könnte, so wie der kleine Luis sich auf den Boden schmeißt und weint, wenn er sein Zimmer aufräumen muß. Nur äußerste Anstrengung hindert mich daran, und mit extremer Willenskraft raffe ich mich auf und tue, was getan werden muß. Ich hasse den Alltag.«
»Jammerlappen!« rief der Kühlschrank. »Biergetränkter Jammerlappen! Schau dem Absurden ins Gesicht, statt es zu beklagen!«
»Absurd ist in erster Linie, daß ich einen sprechenden Kühlschrank habe«, sagte ich. »Sonst bist du es immer, der jammert und Angst hat, daß seine Aggregate versagen.«
»Das ist vorbei!« rief er fröhlich. »Und leg mir heute abend ›Die Pest‹ und ›Der Fremde‹ ins Fach und räum in mir mal wieder auf. Das Haltbarkeitsdatum der Marmelade ist abgelaufen, und hinten liegt schimmelnder Käse.«
»Schon wieder aufräumen!« sagte ich. »Gib mir ein Bier. Nein, gib mir kein Bier – je mehr ich trinke, desto eher muß ich wieder hinunter. Unsinn, gib mir doch ein Bier! Nein. Doch. Ach.«

Ich bin so fett!

Ah, meine Freßgier manchmal, das ist eine schlimme Sache, ich rede sehr ungern davon.
Paola hat gerade mit dem Rauchen aufgehört, zum zweitenmal schon, sie versteht mich. Sie sagt, sie könnte den ganzen Tag essen, könnte fressen, was ihr in die Quere kommt, es in sich hineinschlingen, hinunterstopfen.
»Ich bin so fett!« schreit sie. »Findest du, daß ich fett bin?«
»Keine Rede«, sage ich. »Du bist ganz normal.«
Ich habe nicht mit dem Rauchen aufgehört. Das liegt in erster Linie daran, daß ich niemals damit angefangen habe. Ich ekle mich vor Zigaretten mehr als vor dem Fettwerden. Und Zigarren? Eine Zeitlang habe ich dann und wann eine geraucht. Aber dann hat mal eine sehr schöne Frau zu mir gesagt, sie finde Zigarren sähen aus »wie Altmännerpenisse«. So habe ich die Lust daran verloren und fresse nur noch.
»Ich bin so fett!« schreie ich. »Findest du, daß ich fett bin, Paola?«
»Na ja«, sagt sie, »zumindest finde ich, du solltest nicht mehr zunehmen.«
So ist das nun. Meine Hüften schwellen, mein Bauch drückt gegen den Hosenbund, langsam kriege ich Fettbrüstchen – und es naht der Sommer, oh, wie er naht. Man wird den aufgeblasenen Körper nicht verstecken können unter Pullovern.
Als Kind war ich schon ein Fettsack, denn ich hatte eine Großmutter, deren ältester Sohn mit Ruhr aus

dem Krieg zurückgekehrt war, das heißt: Nichts von dem, was er aß, konnte er bei sich behalten. Er verhungerte im Krankenhaus. Immer wenn ich meine Großmutter besuchte, gab sie mir zu essen, und wenn ich nicht essen wollte, bat sie mich, doch wenigstens einen Apfel zu essen, und wenn ich den auch nicht wollte, flehte sie mich an, doch wenigstens einen Keks zu nehmen, und wenn ich den auch nicht wollte, lief sie mir mit einem Stück Schokolade hinterher. Sie rief, den Tränen nahe: »Du mußt doch was essen! Iß doch was!« Wahrscheinlich esse ich immer noch ihr zuliebe, denn ich habe sie sehr geliebt. Aber jetzt nützt es ihr nichts mehr und mir schon gar nicht.

Mein Freund Paul hat durch Härte gegen sich selbst sieben Kilo abgenommen, aber ich bringe die Willenskraft nicht auf, ich esse, was sich mir in den Weg stellt, hastig.

Kürzlich ging ich mit einer Kollegin zum Essen. Sie erzählte mir vom Abend zuvor, an dem sie mit einem Mann verabredet war, der, was ihm auch serviert wurde, in unglaublicher Geschwindigkeit hinunterschluckte. Sie habe sich draußen vor dem Restaurant von ihm verabschiedet, sagte sie, obwohl er den Abend keineswegs beenden wollte.

»Weißt du«, sagte sie zu mir, »ich glaube, wie einer ißt, so macht er auch Sex.«

Ich schluckte, blickte auf meinen leeren Teller hinunter, aß die folgenden Gänge sehr konzentriert und erinnerte mich, daß ich mal jemand kennengelernt hatte, der jeden Bissen auf seiner Gabel küßte und ihm zuflüsterte: »Mach's gut, wir sehen uns nie wieder.«

Manchmal stelle ich mir vor, es gäbe eine Schicksalsmaschine, die es möglich machte, daß alles, was ich je gegessen habe und noch essen werde, auf einem riesigen Tisch aufgebaut wird – daß ich es also doch noch mal wiedersehe und obendrein in die Zukunft blicken kann. Ich würde anschauen, was ich schon gegessen habe, und dann würde ich aus dem, was ich noch essen werde, dieses und jenes aussortieren, so daß mir im folgenden Leben einfach sehr viel weniger auf den Tisch käme – einfach, weil in der Schicksalsmaschine viel weniger gespeichert wäre. Ich käme also gar nicht mehr in Versuchung.

Vielleicht ist es doch nicht so eine gute Idee: Am Ende steht bei den Sachen, die ich noch essen werde, bloß das Frühstück von morgen.

Manchmal stelle ich mir auch vor, die Menschen müßten leben wie die Maden im Speck oder die Würmer in den Äpfeln, das heißt: Sie würden in ihrem Essen wohnen. Man müßte sich also, wenn man ein Haus bezieht, erst einmal eine Wohnung hineinfressen, Zimmer für Zimmer hineinbeißen, schließlich etwas Stuck an die Decke nagen – schön! Aber dann hätte man weiter Hunger und würde an die Außenwände gehen müssen, und irgendwann wäre man obdachlos und müßte umziehen, von einem Lebkuchenhaus in ein Steakhouse und dann in eine Frittenbude, na, ich weiß nicht. Wer würde einem schon noch eine Wohnung vermieten, wenn er fürchten muß, daß man sie ihm wegißt und …

Ich hab' so 'n Hunger!

Bin ich schwitzophren?

Hören Sie, wir kennen uns nun schon ein bißchen, hmmm …

Es gibt da eine peinliche Geschichte, also, ich schwitze sehr leicht. Als Jugendlicher stand mir, sobald ich nervös wurde, ein leichter Schweißfilm auf der Oberlippe. Aber seitdem ist es immer schlimmer geworden, verstehen Sie, schlimmer und schlimmer. Nun bin ich ein erwachsener Mann, und es kann passieren, daß ich in Panik gerate, und plötzlich bricht mir der Schweiß aus, ja, das ist der passende Ausdruck, er bricht aus, als würde ein Staudamm gesprengt. Ich bin in Sekunden klatschnaß, über meine Haut rinnen Bäche wie Schmelzwasser im Frühling von den Bergen, und jeder sieht es, und es ist peinlich, o Gott, ist es PEINLICH! Nicht wahr, Sie finden mich lächerlich, geben Sie es zu, sagen Sie es mir! Lächerlich.

Ach, schwitz!

Einmal mußte ich vor zweihundert Leuten eine Rede halten. Ich stellte mir vor, wie ich aufstehen, an mein Glas klopfen und eine witzige, mit Anekdoten gewürzte, von souveräner Gestik untermalte kleine Ansprache zum besten geben würde. Aber dann war ich dran, klopfte an mein Glas und begann zu sprechen. Beim ersten Wort bekam ich einen Schweißausbruch von niagarischer Gewalt. Binnen Sekunden sah ich aus wie ein Mann, der im dunklen Anzug in ein schweres Gewitter kam. Ich schwitzte und schwatzte, hilflos sekretierend: die lächerliche, mit lächerlichen Anekdoten gewürzte, von lächerlicher Gestik untermalte Anspra-

che eines lächerlichen Mannes. Entwässert fiel mein Körper am Ende auf den Stuhl.
Bin ich krank? Ein Panikpatient? Ein Schwitzoider, Schwitzophrener? Aber es kann nicht nur psychisch sein, auch bei körperlicher Betätigung schweißele ich in sorgenerregendem Übermaß: eine Joggingrunde, und ich sehe aus, als käme ich vom Schwimmen! Bin ich schwitzkrank?
Kürzlich besuchte ich eine Sauna. In meinem Fall ist das so, als riebe man einen Bobtail mit Haarwuchsmittel ein, aber ich hatte gehört, Sauna sei gesund, und an allem, was gesund ist, bin ich interessiert. Bereits in der Tür war ich bedeckt von Wasserperlen. Ich saß neben einem Alten, dem die Haut auf dem Leib hing wie ein zu großer Anzug. Mir gegenüber hockte ein muskulöser Mittzwanziger, der an einen aufgepumpten Schlauch erinnerte, so straff und fest. Beide schwitzten überhaupt nicht. Ich dachte, wie es wäre, wenn Schwitzen ein Geräusch machen würde, nicht jenes leise Körperstöhnen, das man in Schwitzbädern hört, auch nicht das kaum vernehmbare Zuuuutsch, mit dem sich die Schweißdrüsen öffnen, nein, ein alarmierendes Piepen oder sirenenhaftes Heulen. Dann müßte man in der Sauna Ohrenstopfen tragen, jedenfalls, solange ich da bin.
»Einen Aufguß?« fragte der Alte.
Meine Haut war komplett von einem dünnen Feuchtigkeitsfilm überzogen.
»Gern«, sagte der Junge.
Er schöpfte mit einem Holzlöffel Wasser aus einem Zuber auf den Ofen. Heißer Dampf drang auf uns ein. Aus meinen Poren sprühte Wasser wie aus Sprinklern.

Die beiden anderen schwitzten weiterhin nicht. Warum gehen sie hierher, dachte ich, wenn sie unfähig sind zu schwitzen? Der Junge stand auf, nahm sein Handtuch und schwenkte es, um die neue, heiße Luft zu verteilen. Es sah aus wie ein verbissener Schwertertanz. Er tat es minutenlang, ohne eine Schweißperle zu zeigen. Der Alte war wohl gänzlich vertrocknet, ein Sauna-Ötzi. Vermutlich lebte er hier seit Jahrhunderten. Ich hätte gehen müssen, aber irgendwie empfand ich das als würdelos, eine Niederlage gegenüber dem Jungen, auf dessen Stirne sich eine Schweißperle bildete. Nicht aufgeben, dachte ich. Schwitzen ist das einzige, was du wirklich kannst! Schwitz ihn nieder! Geh, wenn er gegangen ist!

Er ging nicht. Er schien seine Schweißdrüsen zu beherrschen wie Schließmuskeln, während ich auf Reserve lief wie ein Auto mit leeren Tanks. Trotzdem blieb ich, langsam vertrocknend, delirierend. Ich erinnere mich noch an jenen Moment, in dem sich mein Körper für eine Sekunde in eine Wassersäule verwandelte, eine klare, durchsichtige, glatte, irgendwie ätherisch wirkende Säule, wie man sie in Science-fiction-Filmen beim sogenannten Beamen sieht. Dann hörte ich auf zu existieren. Ich stürzte in mich zusammen, nur noch Flüssigkeit, die vom Frottee des Handtuchs gnädig aufgenommen wurde. Langsam nahm der Alte den nassen Stoff, öffnete die Saunatür und warf ihn mit verächtlicher Bewegung hinaus.

Der Große Gesundheitsberater

Kaufen Sie sich nie ein medizinisches Lexikon! Sie werden sofort krank. Ich weiß, wovon ich rede, denn ich habe diesen Fehler gemacht. In meiner Buchhandlung wurde zum sagenhaft günstigen Sonderpreis der »Große Gesundheitsberater« angeboten, ein dickleibiges Werk, in dem sämtliche Krankheiten, die Körper und Geist befallen können, verzeichnet sind.

Ich konnte nicht widerstehen und griff zu, nicht ahnend, in welches Elend ich mich stürzen würde.

Denn noch am selben Abend begann ich in dem Buch zu blättern, ziellos. Bereits beim flüchtigen Stöbern entdeckte ich so aberwitzige Erkrankungen, so entsetzliche Möglichkeiten des leiblichen Niedergangs, so unausdenkbare Realitäten des Körpers, daß jede Lebenslust von mir abfiel.

Es war ein teuflisches Werk: Über welche Krankheit auch immer ich etwas las, sofort befielen mich ihre Symptome. Sie kamen aus den Buchseiten heraus und über mich. So schlug ich beispielsweise das Kapitel über Erkrankungen der Leber auf und entnahm ihm, eines der ersten Anzeichen dafür, daß die Leber nicht mehr richtig funktioniere, sei Müdigkeit: Mangels Nervenzellen könne sich das Organ nicht durch Schmerz ausdrücken, sondern nur, indem es uns ermüde. Müdigkeit sei der Schmerz der Leber.

Man kann sich nicht vorstellen, welche Schläfrigkeit mich überfiel: Ich bin leberleidend, zweifellos. Morgens, mittags, abends – seit eh und je leide ich mehrmals am Tag unter einer Müdigkeit, die mit normaler

Erschöpfung nicht zu erklären ist, allenfalls noch mit dem chronischen Müdigkeitssyndrom, das ich ebenfalls in meinem Nachschlagewerk entdeckte. Und wie ungerecht bin ich zeit meines Lebens behandelt worden! Schnarchte ich im Dienst als Soldat, brüllte mich ein Unteroffizier an, dämmerte ich in einer Konferenz hinweg, zog mich ein Vorgesetzter zur Rechenschaft, kam ich irgendwo zu spät, bestrafte mich das Leben – mich, einen einfachen, unschuldigen Leberkranken.

Ich war kaum noch in der Lage weiterzulesen, tat es aber dennoch. Ich entdeckte folgendes: Geht man im Wald spazieren, entdeckt dort Himbeeren und nascht davon, kann man von einem Tierchen namens Fuchsbandwurm befallen werden. Dieses wiederum ruft eine Krankheit namens Echinokokkose hervor, welche sich zunächst durch Schmerzen im Oberbauch bemerkbar macht.

Seit Tagen war da ein leichter Druck zwischen Bauchnabel und Rippen ... War ich nicht neulich im Wald? Hatte ich dort nicht wunderbare Waldhimbeeren gegessen? Ich erinnerte mich an die Lektüre des Buchs »Fräulein Smillas Gespür für Schnee«, in welchem von einem afrikanischen Körperwurm die Rede ist, der den Menschen aus dem Leib geholt wird, indem man ihn über Tage und Wochen aus einer Körperöffnung zieht und auf einen kleinen Holzstab wickelt. Ein Fuchsbandwurm in mir! Ich konnte spüren, wie er herumkroch, es kitzelte leicht im Fleisch, von innen, ein merkwürdiges, nie gehabtes Gefühl – aber kein schönes.

So ging es den ganzen Abend. Las ich über Magengeschwüre, bemerkte ich ein Reißen und Stechen im

Bauch, las ich über Syphilis, wurde mir mein geistiger Verfall in den vergangenen Jahren klar, las ich vom Blinddarm, realisierte ich einen heftigen Schmerz auf der rechten Seite, in der Nähe der Blinddarmnarbe, die mir in Erinnerung rief, daß ich ja keinen Blinddarm mehr habe – die einzige Erleichterung in dieser Nacht.
Ich hab's euch immer schon gesagt: Kauft keine Beratungsbücher. Sie rufen die Probleme, bei denen sie einem helfen sollen, offensichtlich erst hervor.
Als letztes entnahm ich meinem Medizinlexikon, daß man keine Schmerzen habe, wenn man Bauchspeicheldrüsenkrebs bekomme.
Ich hatte keine Schmerzen mehr. Das war das Ende!

Inhalt

Axel Hacke
im Verlag Antje Kunstmann

Der kleine Erziehungsberater

»Es gab Elterngenerationen, die wußten genau, worin Erziehung zu bestehen habe. Die hatten Konzepte – ich weiß bloß nicht, ob es die richtigen waren. Wir hingegen sind nicht autoritär. Wir sind auch nicht antiautoritär. Wir wurschteln uns so durch. Manchmal denken wir, wir machen alles falsch. Aber wir wollen nicht larmoyant sein. Wir lieben die Stürme, die brausenden Wogen, und kleine Kinder lieben wir auch, mit kurzen Unterbrechungen jedenfalls.«

120 vierfarbige Seiten, illustriert von Marcus Herrenberger,

Hackes Tierleben
Mit Bildern von Michael Sowa

»Dieses zoologische Manifest, das die Mauern zwischen Dichtung und Wahrheit endgültig einreißt, ruft zur Vereinigung aller Säuger, Fische und Vögel auf. Auf einer betörenden Augenweide können dank der surrealistischen Illustrationen von M. Sowa alle Bildergucker grasen.« *(Christiane Schott, Neue Zürcher Zeitung)*

80 vierfarbige Seiten, gebunden

Axel Hacke
im Verlag Antje Kunstmann

Der kleine König Dezember
Mit Bildern von Michael Sowa

Der kleine König Dezember stand plötzlich im Zimmer: Er hatte seinen fetten Bauch durch einen Spalt zwischen Bücherregal und Wand gequetscht, hatte an einem Gummibärchen geknabbert und Fragen beantwortet. Warum er so klein ist, nicht länger als ein Zeigefinger? Das ist so: In seiner Welt wird man groß geboren und dann kleiner und immer kleiner, bis der Kammerdiener einen morgens im Bett einfach nicht mehr findet. Man weiß am Anfang des Lebens schon alles, was man wissen muß, kann lesen, schreiben, kompjutaprogrammieren und geschäftsessen. Je kleiner man wird, desto mehr vergißt man. Hat wieder Platz im Kopf und darf in den Garten gehen, die Schatten dort für Gespenster halten, den Wolken Namen geben und seinen Teddy anschreien. Die Kindheit liegt am Ende des Lebens. Ob das gut ist?

60 vierfarbige Seiten, gebunden

Axel Hacke, geboren 1956, ist Journalist und Schriftsteller. Seit 1981 arbeitet er für die »Süddeutsche Zeitung«, zunächst als Sportredakteur, später als Reporter, Streiflichtautor und Kolumnist des »SZ-Magazins«.
Für seine Arbeit wurde er unter anderem mit zwei Egon-Erwin-Kisch-Preisen, dem Theodor-Wolff-Preis und dem Joseph-Roth-Preis ausgezeichnet.
Seine Bücher sind in zahlreiche Sprachen übersetzt.

Thomas Mattheus Müller, geboren 1966 hat an der Hochschule für Grafik und Buchkunst in Leipzig und an der Kantonalen Schule für Gestaltung in Luzern studiert. Er lebt als freier Illustrator und Grafiker in Leipzig.

....

Zweite Auflage 1998

Litho: Reproline, München
Satz: Frese, München
Druck und Bindung: Clausen & Bosse, Leck
ISBN 3-88897-201-9

Die Geschichten in diesem Buch erschienen zuerst im Magazin der Süddeutschen Zeitung